小学館文庫

おばさん探偵 ミス・メープル

柊坂明日子

小学館

Middle-aged Detective Miss Maple

CONTENTS

第一話　グレイのシャネルが謎を解く

魔女は覆面作家

　東京は世田谷区、固定資産税が天文学的な数字のお屋敷町に木枯らしが吹いていた。枯れたすずかけの葉っぱがガサゴソ音をたてると、誰かに追いかけられているような気がする。

「ここ、お化け屋敷なんだぜ。魔女が住んでいるんだって……」

　夕方、進学塾へ向かう小学生の男子が二人、重たい塾バッグを斜め掛けし、道なりに延々と続く煉瓦の高塀を訝しげに見つめていた。

お屋敷町は一本裏通りに入ると、とたんに陰鬱な雰囲気が広がる。暗くなってからここを通ってはいけないと、先生や親に口を酸っぱくして言われているが、大通りまでの近道なので、言いつけを守らない子供が多い。

「知ってるよ。このお化け屋敷、有名だよ。ボク、ここに住む魔女を見たことがある。魔女っていうか、黒い服を着た三つ編みのおばさんで、なにかブツブツ言いながら、屋敷の中に入って行ったよ。お母さんに、ジロジロ見ちゃだめって言われた……」

モンクレールのダウンベストを着ている男の子が言った。

「すげーな、お前、魔女を見たんだ！　で、その魔女、ホウキとか持ってた？　黒猫、肩に乗せてなかった？　杖は？」

小学生は、いつだって真剣そのものだ。

こちらの少年は、トミーヒルフィガーのパーカーだ。

富裕層エリアに住む坊ちゃんたちは、塾通いもおしゃれだ。

「いや、ホウキじゃなくて、赤い電動アシスト自転車に乗ってた。前の荷台にはウサギとクマのぬいぐるみが座らせてあって……。後ろの荷台には、KINOKUNIYA の紙袋がドサドサ入ってた。中身は大根とかネギだったかな……。あ、そうだ、ゴボウも入ってた。もしかして、あれゴボウじゃなくて、杖だったかも」

モンクレール、短くモンクレ少年の記憶力はなかなかのものだ。

「お前、完璧なリサーチじゃん。よくそこまでチェックしたな。っていうかそれ、魔女じゃないな。フツーのおばさんだ……」

ハリー・ポッターの世界に憧れるトミーヒルフィガーのパーカーの少年は、小さなため息をついた。世田谷区にはホグワーツ魔法魔術学校のマクゴナガル先生みたいな方はいないようだ。

少年たちはしばらく無言で、引き続き古びた煉瓦塀沿いを行くと、やっとそのお化け屋敷の大門にたどりついた。これは車専用の門だ。

と、その瞬間だった——いきなり突風が起こり、真っ赤なざわざわしたものが、二人の頭に降り注いできた！

「わあっ!!　血っ、血だよっ、血っ！　なんだこれっ！　やっぱりここ、魔女がいるんだっ！　ひ————っ！」

想像力豊かな少年たちは、悲鳴をあげながら逃げていく。

子供たちに恐れられているそのお化け屋敷は、とにかくすごい広さだ。

ぐるりは高い塀で囲まれ、容易に中が覗けない。しかも、庭には、カシやクスノキ、クヌギなどの高木が枝葉を広げているので、お化け屋敷と言いながら、肝心の屋敷の姿は、外からは見えない。

そして、車専用門は三メートルはあろう高さで幅もあり、かなり盛って言えばフィレンツェのサン・ジョバンニ洗礼堂の『天国の門』かと思うほど重厚で、ガードのかたさはこの町一番だ。しかし、この十年、この門から車が出入りするのを見た人は、いない。

しかし、お屋敷は敷地内の奥の奥で、ちゃんと存在している。

それは昭和の初期に建てられた洋館で、当時、政府の要人が海外からいらした時は、ここの屋敷を借りて盛大な晩餐会が開かれていたくらいだ。しかし、今はもう、その麗しいお屋敷の姿を拝むこともできないし、そもそも要人のための晩餐会が開かれていたことすら、覚えている人はいない。九十年近く前のことだ。

貿易会社を興し一財産を築いた先々代、先代はヨーロッパやアメリカの領事や大使を歴任した外交官。このお二方が存命の頃は、お手伝いさんやら庭師さんやらが大勢出入りしていたので、庭も住居もそれはそれは美しく整えられていた。が、ここ十年、屋敷は廃れていく一方だった。

「っていうか、なんだよこれっ、モミジだよっ。モミジの葉っぱじゃねーか！」

先ほど、ゼイゼイ言って逃げたトミーヒルフィガーのパーカーを着る少年の肩に、鮮やかな楓の葉が一枚のっていた。

「びっくりさせんなよ……オレ、血しぶき浴びたのかと思ったよ！」

怯えて逃げた恥ずかしさからか、角を曲がると（トミーヒルフィガー、長いので、略して）トミー少年はチッと舌打ちをした。

お化け屋敷車専用門の両脇に植えられた幹の太い楓の木は、毎年このあたりのどのモミジより紅く美しく色づくので、近所の住民はそこをモミジ屋敷と呼んでいた。

しかし、モンクレ少年とトミー少年は、その楓の木の根元深くには、人が殺され埋められ、モミジが血の色に染まったのだと、勝手に話を作りながら、塾へと向かっていった。その話は、また塾で盛り上がりをみせ、尾ひれがついて、お化け屋敷はいよいよ真実味をおびてくる。

＊

翌日のお昼前、そのお化け屋敷の車専用門の右にある、煉瓦塀をくりぬいて造られた木の扉の鍵を、ガチャガチャ開けている青年がいた。こちらは人サマが出入りする門らしい。

門を開けている彼は、今年二十七歳。仕立てのいいスーツを着て、よく磨かれた革靴を履いていた。端整な顔からは育ちの良さがにじみでている。ただし若干、押しが弱そうだ。

その彼の手には平飼いの卵で作った、今巷で大人気のプリン、会員しか買えない極上海鮮太巻き寿司、フランスはブルゴーニュ産のちょっと高そうな赤ワイン、スペインの生ハム、熟成ゴーダ・チーズ、青かびたっぷりのゴルゴンゾーラなどなどの手土産を入れた手提げ紙袋がにぎられていた。

荷物が多すぎるため、彼は蟹のように横歩きで扉を通っていく。背も高いので、体を屈めて扉をくぐった。

彼が後ろ手で扉を閉めると、突然、屋敷内の空気が変わった。聞こえてくるのは、澄んだ高音でおしゃべりするセキレイや、チーチー鳴くメジロ。スズメやムクドリ、ヒヨドリはもちろんのこと彼を歓迎している。カラスでさえ温厚だ。白猫やトラ猫がどこからともなく現れると、彼のあとをつけていく。

それだけではない。ルビーのようなモミジが——昨日小学生を脅したのとはまったく違った様子で——キラキラ、ヒラヒラ、ゆっくりと彼に舞い降りる。晩秋の輝きがここに集結していた。

青年は、幅せいぜい一メートルほどのゆるやかなカーブの小道を歩いていく。この道は車寄せへと続く車道なのだが、今は、草木に侵食され、軽自動車がギリギリ通れるくらいの狭さになってしまった。小道沿いには、香りのいいラベンダーやアメジスト・セージが咲き乱れていた。

庭のあちこちに、黄色くなったライム、逆にまだ緑のレモン、ミカン、薄黄色の夏ミカン、柿、リンゴなどが、たわわに実っている。

お化け屋敷の内部は、外から見るほど殺伐とはしていない。それどころか、軽井沢、あるいはイギリスの片田舎のように自然豊かでゆっくりと時間が流れている。

青年は十秒、二十秒、三十秒……いやまだ実りの木立の中を歩いて行く。

奥へ向かうにしたがって、だんだんと見通しがよくなっていく。日の光もダイレクトに地面に注がれる。高木は伐採され、土が耕され、小洒落た野菜——エシャロット、ラディッシュ、バターレタスなどが育てられている。かと思うと、ジャガイモ、サツマイモ、小松菜などもあり、いきなり生活臭がしてくる。その間で、小菊やコスモスがゆれていて、ピーター・ラビットがどこから出てきてもおかしくない情景だ。

そして畑の向こうに、ようやく大きな煉瓦の屋敷が姿を現す。年季の入っているイギリス、チューダー様式の洋館だ。雨除けの深い軒のついた車寄せ正面玄関前の花壇では、年配の女性が一人、鍬をふるい土を耕していた。

彼女はイギリスのヴィクトリア時代にはやったような小花柄のワンピースに、汚れるのも厭わず真っ白なエプロンをつけ、黙々と働いている。十一月にもかかわらず、額にはうっすらと汗をかいていた。

「こんにちは、楓子さん、精が出ますね。ガーデニング、いいですね。今日、暖かいですものね」

青年は緊張を隠しながら、とびきりの笑顔で声をかけた。

この楓子さんこそが、お化け屋敷と呼ばれるこの洋館の主、森野楓子で——モンクレ、トミー少年たちに、魔女認定されてしまった人だ。

「私、更年期だから、汗が出ちゃうの。一年中、ぽかぽかよ。自家発電ね。エコだわ。地球に優しいおばさんね。いらっしゃい、吉井くん」

ようやく楓子さんが鍬を置き、首にかけたタオルで汗をぬぐう。と、同時に来客の手土産に気がつく。この時、白猫が楓子さんの肩にひょいっと飛び乗った。

「え……平飼い卵のプリン。それにあの甘エビやイカやイクラがぎゅうぎゅう詰まった海鮮鳴門太巻き寿司も……。あっ、でもダメダメ、食べませんから、私、食べませんよ。食べたいけど、もう絶対無理だから。ただほど高いものはないから……。私いつもそう言ってますよね？ ああ……困った困った……」

楓子さんは、耕した花壇にしゃがみこむと、計画性なくチューリップの球根をじゃんじゃん埋め始めた。球根は普通、とがった方を上に向けるのだが、花壇に放り込まれるそれらは、横になったり下になったり重なったり。ひどいものは球根の種類を判別するシールがはられたままで、土をかけられている。

「あ、あの、楓子さん、大丈夫ですから。大丈夫ですよ。ちょっと休憩して、お茶にしませんか？　実は僕、今日は朝から歩きっぱなしで、のどが渇いたっていうか……

楓子さんのおいしい紅茶がいただけたら、嬉しいっていうか……」

　すると楓子さんが、鍬をステッキがわりにして、よろよろと立ち上がりながら言った。トラ猫は足元で、そんな楓子さんを心配そうに見ている。

「吉井くん、ごめんね。もう……紅茶の葉が、アールグレイしかないの……。ここんとこぜんぜんロンドンに行ってないから（いや、それどころか、フォートナム&メイソンのある日本橋三越にも、お手軽輸入食材店カルディにも行ってないけど……）それでもいい……？」

　楓子さんは、吉井くんの手土産を見ないようにして、屋敷へと入っていく。

「ホントに……あの……急にお邪魔して……すみません……」

「いいのよ……私、そのために吉井くんに鍵を渡してるんだものね。一人暮らしの私が、この広い屋敷でうっかり孤独死しないように、たまにこうして様子伺いに来てくれるの、ありがたいわ……。特に夏場はもっと頻繁に来てもらわないと、腐るの早いからね。でも私、吉井くんがいるから、いつでも安心して死ねるわ。ああ……でも、うっかりホントにここでポックリいっちゃったら、この屋敷、事故物件になっちゃうわ……。そうなると、私を魔女あつかいする小学生たちの思うツボだわ」

　何が思うツボなのかわからないが、楓子さんは真顔で言う。一方、近所の自分への評判は知っているらしい。

「大丈夫ですよ、楓子さんは、軽く百歳いきますよ。お父様、お祖父様もかなりのご長寿でお元気でいらしたじゃないですか」

「でも、母は五十歳そこそこで、逝ってしまったの。私、もう母の年を超えてしまったのよ」

　楓子さんは、とたんにうつむいてしまう。足元にいる二匹の猫もしょんぼりだ。白猫は女の子で、名前はルル。トラ猫は男の子で、近所の松田さんちの猫なので、『松田さん』と呼んでいる。

　しまった、失敗した。吉井くんは自分の会話の未熟さを呪った。

　同時に自分が勤める出版社の鬼編集長の顔が浮かんできた。こんなことでへこんでいる場合じゃない。吉井くんは今、自分を鼓舞するのに必死だ。

「吉井くん……私……書かないからね……。ごめんね……ここまで来てくれたのに。もう本当に書きたくないの。あれは私が書きたいものじゃないの……」

楓子さんは心底申し訳なさそうに言った。

楓子さんは小説家だった。しかもかなり売れている作家だ。しかしこの作家業が、なかなかワケアリだ。

「もちろんですよ、書くとか書かないとか、今日はそういう話じゃなくて、楓子さんのアールグレイをごちそうになりながら、ちょっとプリンを食べたり、海鮮太巻き寿司つまんだり、肩ひじ張らないランチョン・パーティーってカンジ？　気分が盛り上がれば、赤ワインも開けちゃって、チーズなんて食べたり？　生ハムもアリ？　みたいな？　あっ、メロンがあればよかったかなー。でも時季的にメロンなかったしー。あ、千疋屋いけばあったかなー？」

吉井くんは、明るい雰囲気にもっていこうと全力投球だ。きっとうまくいく。今までだってそうだ。吉井くんは、上着の胸ポケットに手を当てた。そこには川崎大師の厄除けのお守りが入っている。四国出身の吉井くんは、常に弘法大師空海頼みだ。

吉井くんは気持ちが落ち着いてくると、改めて楓子さんの屋敷の素晴らしさに感激していた。玄関はいきなり三十畳ほどあり、そこには、複雑な柄を織り上げた地の厚い赤いペルシャ絨毯がしきつめられていて、高い天井からは、ガラスのシャンデリアが下がっている。

　入って右には、幅の広い階段があって、二階へと続いている。その階段脇に、先祖代々の肖像画が数枚かかっていた。

　そして今はもう火をおこすことはないが、その昔来客を暖めたイタリア製大理石の暖炉も、玄関正面に備え付けられている。その彫刻の見事なこと。

　左の壁にはその昔、レンブラントの大作が飾られていたと聞いたが、それは先代が亡くなった十年前、相続税を払うために処分されてしまったらしい。壁に大きなフレームの跡が今でも残っている。

　お父上が外交官だった頃に住んでいたロンドン郊外のお屋敷も、処分したらしい。

　パリ十七区にあるアパルトマンも売却。

　兄弟姉妹のいない楓子さんが、偉大なる祖父・父から、家屋敷、家財、株券など財産もろもろを相続することは、ある意味戦いだった。その天文学的数字の相続税を払うために、楓子さんは、ありとあらゆるものを手放さざるを得なかった。

　それもこれもすべて、この想い出のつまった世田谷の洋館を残すためだった。この屋敷さえあれば、後は何もいらないという。

森野楓子さんは、元は大富豪のお嬢様で、今もその屋敷やら調度品やら食器やらは最高級なのだが、父親が亡くなってこの十年、とにかく現金がなくて困っていた。固定資産税を払わないといけない春先は、もう毎年のように、この屋敷を切り売りする時がきた、と考えるが、これまではなんとかギリギリ売らずにすんできた。日本では金持ちは三代続かないと言われるが、本当にそうだ。

一方、サロンと呼ばれる客間に通された吉井くんは、さっそくこの部屋の隣にある食器庫に入り、ウォルナットの戸棚から、アフタヌーンティー用三段重ね、銀のケーキ・スタンドを速攻で取り出してくる。

屋敷はとんでもなく広いため、楓子さんは、かなり奥の厨房で、お茶の用意をしている。吉井くんは持ってきたプリンや海鮮太巻き、チーズ、生ハムを三段重ねのケーキ・スタンドに手際よくセットする。こういう時のために、彼はいつも象牙の取り箸を持っていた。上段には可愛くプリン、中段にはチーズと生ハム、下段にはどーんと太巻き。楓子さんはとにかく、朝でも昼でも晩でもアフタヌーンティー形式が大好きなのだ。

吉井くんは、食器庫から勝手にバカラのグラスも出してくる。ワイン・オープナーもマホガニーの円テーブルの上にセットした。持参した真っ白のレースのクロスもかけている。小皿、ナイフ、フォーク、スプーンもきちんと並べた。

おいしい紅茶を作るには、お湯を沸かす時間、陶器を温める時間、茶葉を蒸らす時間などなど、最低十分はかかる。その間に、アフタヌーンティー的ランチをテーブルにセットしてしまえば、「食べませんよ」と言っていた楓子さんも、気がつけば席について恵比寿顔だ——と、吉井くんは、いつもプラス思考だ。

木漏れ日の入ってくるサロンの窓の外で、終わりかけの秋バラがゆれている。美しい。完璧だ。吉井くんは思った。今日がいい天気でよかった。

「おまたせしました」

楓子さんが、大きな銀のお盆に、アールグレイの紅茶をセットしてきた。テーブルの上にある、三段重ねのケーキ・スタンドを見て、楓子さんは細く長く息を吐いていた。吉井くんと楓子さんの間に緊迫した空気が流れる。

そして楓子さんは、静かにアールグレイをカップに注ぐ。カップはイギリスに忠誠を誓う気持ちで、モスローズの花柄のロイヤル・アルバートを使っている。

　吉井くんは、こんなにいい香りのアールグレイを他に知らない。けぶるような秋の香りだ。楓子さんの家で紅茶を飲んでしまうと、しばらく普通の紅茶が飲めなくなる。楓子さんにかかれば、ティーバッグの紅茶でさえ、最高級の味に変わる。外交官のお父上が、長くイギリスに赴任していたので、大学時代をそこで過ごした楓子さんもイギリスには思い入れが深い。


　秋の日はつるべ落とし。

　午後三時を回ると、屋敷はとたんに陰ってくる。楓子さんは、暖炉においてある暖炉もどきヒーターをオンにした。暖炉の火がゆらゆらゆれるイルミネーションがついているセラミック・ファンヒーターだ。しかしそれだけでは寒いので、エアコンのリモコンを手にして、ピッとオンしたつもりが、窓際にあるとてつもなく大きなテレビがオンになった。

　今時珍しい三十七型ブラウン管カラーテレビだ。懐かしのアンテナものっている。お相撲さんのようにどっしりしたそれは、ゆらゆらした画面でワイドショーを放送している。『ミヤネ屋』の司会者、宮根誠司さんが、えらいボワーンと映っている。色もかなりヘンだ。

一方、吉井くんは、マホガニーのテーブルの下で倒れていた。ふかふかの緞通は、心地よい眠りをさそう。青年は酔いつぶれたのだ。

楓子さんは、ソファにあったカシミアのひざ掛けをそっと吉井くんにかけた。

「ううう……楓子さん、六巻目、お願いしますよぅ……。僕、今、ここで楓子さんに『書く』って言ってもらわなきゃ、『月刊・心の旅路』に異動になっちゃうんです。『心の旅路』は嫌いじゃないですけど、『心の旅路』編集部の隣が『世界おしゃれ通信』編集部で、前にお付き合いをしていた女性が、そこで今チーフやってて……彼女、僕が担当していた作家さんと、いきなり結婚しちゃったんです……その作家先生、僕より三十二歳も年上だったから、ぜんぜん大丈夫だろうと思って、先生のご自宅に招かれた時、彼女も連れて行ったら、それから三か月で二人、結婚しちゃったんです。彼女、今、仕事もプライベートも絶好調って感じで、僕は彼女を会社でちらっと見かけるだけで、いつも胸がズキズキするのに……ああ……隣の部署になんて行きたくない……行ったらシム……やだやだ……」

ランチョン・パーティーは大成功だったが、盛り上がりすぎて、楓子さんが自宅地下のワインセラーから、とっておきのワインをもってきたりするので、吉井くんは、あっという間に酔いつぶれてしまった。手織りの緞通に失恋の涙がしみこんでいく。

「吉井くんは二人を引き合わせて、幸せにしたのよ。それってすごく尊いことなの。できそうでできないの。私、あなたを誇りに思うわ」

楓子さんは言った。

そんな吉井くんのおなかの上で、楓子さんの飼い猫、元野良猫アメショー柄のシンプキンが暖をとっている。シンプキンは人見知りの猫だが、吉井くんのことは、初対面から気に入っていた。白猫のルル、トラ猫の松田さんは、シンプキンの友達だ。

「うう……楓子さん、五巻目の『新宿魔法陣妖獣伝〜美人秘書狩り〜』よかったです。都庁の地下迷路が封鎖された後、あの熟女の秘書さんの太ももに刻まれた妖獣痕がまさかのスマホを解除する認証システムとなるなんて、あれは反則です……ああ、でも、そこから熟女大和田リリカが、赤のジャンプ・スーツで小型超電導リニアに乗って永田町へ逃げるラストは息をのみました……まさか彼女がＪ16秘密情報部員だとは思わなかったです。あの妖獣ロドリゲス杉田……エロでグロでやり方はきたないけど、毎度無敵で、胸がすっとします……」

なんと楓子さんは、SFバイオレンス・アクション・エログロ・超ハードボイルド作家だ。

内容が内容なだけに、大河ショー和という男性名で覆面作家として書いている。この世の不条理に疲れたサラリーマンのおじさんたちの間で、『新宿魔法陣妖獣伝』シリーズは、出版不況を吹き飛ばす大ヒットだ。

「次巻では、黒林民自党総裁とロドリゲスを、直接対決させてください。民自党の秘密情報基地が、まさかの国会議事堂の地下深くだなんて……そんでもって、そこでまさかのウィルス兵器が作られているなんて……妖獣ロドリゲス杉田にまた暴れてもらいたいです。あ……また、ナイスバディの熟女も登場させてください……コレ、お約束ですから……」

吉井くんは、酔っ払いながらも、仕事を忘れない。

「あらっ、また映らないわっ！」

楓子さんは、吉井くんの熱心なトークをまったくスルーし、巨大ブラウン管カラーテレビに駆け寄り、その横っ腹部分をバンバンッと叩いた。

するとボワンボワンに映る宮根誠司さんがまた、いつもの調子で軽妙なトークを展開し始める。

「ああ、よかったー、直ったわー」

と言いながら、楓子さんは、畑でとれたエシャロットに柚子味噌をつけて食べた。

「楓子さん、今、ミヤネ屋じゃなくて、次回作の話ですよ……。次回作、うう……僕、僭越ながら、タイトルも考えてきました……あ……でも、なんか苦しい……息ができない……」

息ができないはずだ。吉井くんの顔にいつのまにかアメショー柄のシンプキンが移動している。顔とか首は温かいのだ。体重八キロ近い猫は、泥酔している青年を簡単に殺せる。その上、ルルちゃんは首に、松田さんは胸にのっている。

「あっ……たすけっ」

その瞬間、吉井くんが飛び起きた。

「あ……ああっ……すみませんっ、僕、なんでこんなところで……っ」

大失態だ。吉井くんは一気に現実に引き戻された。

「あの、わ――っ、ごめんなさいっ！」

もう、次回作は消えた。『月刊　心の旅路』異動決定だ。吉井くんは今、鬼編集長が真っ赤になって荒れ狂う姿しか思い浮かばない。楓子さんは、行儀の悪い人が嫌いなのだ。

「吉井くん、紅茶、いれなおしましょうか？」

楓子さんが聞く。

「いえ、あのっ、僕、また改めてご挨拶に伺わせていただきますっ」

半泣きの吉井くんは、手荷物をまとめだした。

「で、いつまでに書けばいいの……？」

吉井くんは、「はっ？」と、耳を疑った。

「締切り」

楓子さんは、表面が乾燥した海鮮太巻きとかチーズの残りをタッパーにつめている。

「ちょっと時間が経っちゃったけど、太巻きはチンすればいいし、チーズはパンにのせて焼けば大丈夫だし。何でも火を通して食べれば、死なないから、ねー」

楓子さんは、今は吉井くんの椅子に座っているシンプキンに話しかけている。

「えっと……あの……楓子さん……締切りは……昭和……九十六年の二月末で……」

吉井くんの心臓は、口から飛び出しそうだ。

「あれ？　前の巻が出たのって、いつだったかしら……？」

背後からシンプキンがチーズを狙っているのに、楓子さんは気がつかない。

「しょ、昭和九十五年の五月ですっ。もう、読者のみなさん、次回作が待ちきれなくて、編集部に電話がじゃんじゃんかかってくるんです」

「じゃあ、打ち合わせします？　吉井くん、あなた、飲みすぎで、頭痛くない？　大丈夫？　このエシャロット食べてみて？　すっきりするわよ」

楓子さんは吉井くんより飲んでいるが、まったく大丈夫だ。

「えっ、書いていただけるんですかっ！　僕、こんな大失態を犯したのにっ！」

今、興奮しすぎたはずみで、吉井くんの胸のポケットから、川崎大師の厄除けのお守りが飛び出した。それを、チーズだと思ったシンプキンがくわえて廊下をタ――ッと走っていく。そのシンプキンのあとをルル、松田さんが追っていく。

ところで、昭和生まれの森野楓子さんは、昭和が好きで昭和から抜けられない人だった。

平成の世が来ても、令和になっても、楓子さんはすべてを昭和で計算する。

楓子さんの担当になった人はまず、その換算方法から学ばねばならない。

西暦何年、と言われたらすぐ、昭和で考えるように訓練されている。平成とか令和と言われても、それらもすべて昭和で換算。

これにすぐ対応できるようになって初めて、楓子さんの担当が務まる。

ちなみに昭和を愛するあまり、楓子さんの家のテレビは今でもブラウン管だ。電話は黒電話。ファックスもなし。スマホもガラケーも持ってない。

困ったことに原稿をワープロで書くので、それだけはもうやめて、と、吉井くんが泣いて頼んで、去年からやっとパソコン入力になった。この説得には、三年以上かかった。

話は戻るが、楓子さんにとって、NTTは電電公社、JTは専売公社、JRは国鉄、財務省は大蔵省、現在の総理大臣は佐藤栄作さんあたりで止まっている。ちなみに、都知事は美濃部さんだ。

ドイツは今でも、東ドイツと西ドイツにわかれ、チェコスロバキアもまだ分断してない。ロシアは当然、ソビエトだ。原稿にそのような間違った記載があれば、校正の人たちが全力で直してくれる。

「あの……楓子さん、僕、ここに来る時、ちょっと気づいたんですけど、お屋敷周りの煉瓦の塀が、あちこちいたんでまして……。実は、知り合いに腕のいい左官屋さんがいるので、一度漆喰からきちんと直しませんか？　地震があったりして、崩れて、人を怪我させてもいけませんから……」

吉井くんは、つねづね気になっていたことを提案した。

しかし、楓子さんは黙っている。

「あの、ですね、次巻がまたヒットすれば、塀なんてぜーんぶ綺麗に直せちゃいますよ」

この時、楓子さんの目がハッと見開かれた。

「あ、あの……吉井くん、実は私、それより窓をサッシとかにしたいんだけど……できるかしら……」

昭和初期に建てられた洋館なので、隙間風がひどいのだ。特に冬場の寒さは、尋常じゃない。先ほど地球に優しいエコなおばさんとか言っていたが、冬はやはり寒いらしい。

「サッシ！　もちろん、できますよ！　ということなら、実はですね、今度映画会社の人たちの大パーティーがあるんです！　楓子さん、そこに行って、作品を大々的に宣伝しましょう！　楓子さんの『新宿魔法陣妖獣伝』シリーズが映画化すれば、サッシどころか、庭師もいれて、この屋敷を楓子さんが崇拝するターシャ・テューダーの庭にしてみせますからっ！　サッシに庭師、わー、僕、今、韻ふんでる――」

ハイテンションの吉井くんは「キタ――ッ！」と心のなかで雄たけびを上げた。

「えっ!?　吉井くん、タ、ターシャ……テューダー……っ！　うちの庭がターシャの庭にっ!?」

楓子さんの声が、今日一番大きく響いた。

ターシャ・テューダーとは、いくつもの賞に輝いた有名なアメリカの絵本作家で、バーモント州に広大な土地を持ち、そこでスローライフを営みながら、世界一美しい庭を造った伝説の人だ。

実は楓子さんは、元は絵本作家だった。とある児童文学賞の絵本部門で優秀賞を取り、絵本作家デビューをしたが、さっぱり売れず、二冊目が出ない。

ターシャ・テューダーを目指していたのに、気がつくと、SFバイオレンス・アクション・エログロ・超ハードボイルド作家の大河ショー和になっていた。そこには、ターシャの『タ』と、たいがの『た』しか共通点はない。

これには長い長い話があるのだが、それはさておき、楓子さんは、いきなり立ちあがった。

「吉井くん、ちょっと待ってて！　まずはお祝いしましょうっ！」

楓子さんが駆け出した先は、地下のワインセラーだ。

景気づけの一杯が始まる。

なにか、彼女のスイッチが入ったようだ。

吉井くんは、もう飲めない、と思いながらも心でガッツポーズをした。

吉井くんの担当魂にも火がついていた。

ラブ・イズ・ゴーゴー

十一月も下旬になると、街はどこもかしこもクリスマス一色だ。

午後五時、東京赤坂にある老舗ホテル・オーヤマのラウンジで、森野楓子は、地味なグレイのスーツ姿でボーッと座っていた。髪も後ろにまとめてお団子にしている。ミルク・ティーのカップは、もうずいぶん前から空っぽだ。

そこにやってきたのは、楓子さんの苦手な編集長、亜蘭明(あらんあきら)だ。年は、楓子さんと変わらない五十代前半、カルバン・クラインのスーツにグッチの靴を素足に履いている。なかなか見た目はいいのだが、女関係のゴタゴタが絶えず三度の離婚をしている。色恋沙汰にとんと無縁な楓子さんの対極にいる人だ。

「ご無沙汰しています」

楓子さんは、立ち上がって挨拶をした。

「いやあ、吉井から聞いたよ。なんか、楓子さん、やっとやる気になってくれたみたいじゃない？」

亜蘭編集長は内ポケットから細身のモンブランの金ペンを取り出し、男子中学生みたいに指でクルクル回し始める。

「ええ、あの……やる気っていうか、私、うちの庭をターシャの庭にしたくて……。ターシャってご存じですか？　アメリカの絵本作家のターシャ・テューダーっていって……バーモント州の……」

楓子さんは、今日こそ編集長にお願いしたいことがあった。

「楓子さん、ここのホテル、お見合いする人、多いんだってね。土日とか大安吉日とか、ご両家そろってのカップルだらけでさ……楓子さんも、ここ、お見合いに使ったことあるでしょ？」

いきなりセクハラな質問だが、楓子さんはそれがセクハラとは気づかない。

そして、聞かれた問いには、きちんと答えるのがモットーだ。

「ええ……そういえば、お見合いしましたね……三十年くらい前です。国際弁護士の方だったんですけど、私、結婚すれば、ロンドンに行って暮らすはずでした。でも、お見合いの最中、突然、その弁護士の方がお付き合いされている女性が、出刃包丁持って乗り込んできて、死ぬの生きるのの大騒ぎになって、ちょうど伊勢海老のお造りが出てきたところなのに、結局、箸もつけられず散会……。私、タッパー持っていけばよかったです……」

編集長は嬉しそうに、うん、うん、とうなずく。

「いーね、楓子さんは、ネタに困らないね〜」

「そういえば、パイロットの男性とも、ここでお見合いしました。でも、そのお母様が、とある宗教に入っていて、息子さんがフライトの時は必ず、ご自宅で、飲まず食わずで、到着地に向かって、何時間もお祈りするらしくて。私にはそこまでできないなあ、と思って……」

編集長は口にしたお冷(ひや)を盛大に噴き、テーブルをバンバン叩いて笑っている。

「楓子さん、それ、次巻に使えるよね？　怪しい新興宗教の教祖とか、いーなー。教祖が熟女で、男性信者が次々と行方不明になるの。ロドリゲス杉田が、信者になって教団に潜入すると、なんとそこは某共産国の秘密組織とつながっていて、日本中の男を電子精神銃で洗脳していく、とかなんとか……っていうの、どうかな？」

「あ……ああ……そうですね……。すごく参考になります……」

楓子さんの心臓がドキドキいっている。

「しかし、さすが楓子さん、元大富豪のお嬢様だよね、国際弁護士にパイロットかあ……より取り見取りじゃん。弁護士、パイロット、とくれば、次は医者かな……？」

元・大富豪……これは、モラハラか？　パワハラか？　ただの嫌みか？

しかももう五十を過ぎた楓子さんに、次のお見合いなんてそうそうあるはずもないのに、次、と言った。

しかし楓子さんに、そこを気にする余裕はなかった。

だって編集長はこんなにご機嫌だ。

今だ、今ならお願いがスッと通りそうだ。楓子さんは手に汗握って切り出した。

「あ、あの……編集長、実は頼みがあるんです……」

楓子さんは切り出した。

「頼みぃ？　何でも言ってよ、水くさいなぁ。アナタ、大河ショー和だよ、うちの『ナイト・ハンター・ノベルス』じゃ筆頭稼ぎ頭よ？　何なの？　言って言って？」

やった!!　楓子さんの頬がホワンとバラ色に染まる。更年期のホットフラッシュではない。

「亜蘭編集長！　実は私、次の『新宿魔法陣妖獣伝』第六巻を書き終えたら、『ウサクマちゃんの冒険』第二弾を書いてみたいんです」

楓子さんは、十二年前、この大手出版社 翔岳館(しょうがくかん)の児童文学賞・絵本部門で優秀賞に輝き、絵本作家としてデビューした。ウサギとクマが魔法の国を冒険する、ほっこりしすぎの物語だ。亜蘭編集長はその時、翔岳館の児童文学編集部・絵本チームにいて、楓子さんを一番に推してくれた人だ。いわゆる恩人でもある。

「あ……なんだ……その話か……却下ね〜〜」

楓子さんの顔が一瞬にして曇る。

「楓子さん、絵本業界は今、厳しいからね。それより、タイガーショーでもう少し、頑張ろうよ」

タイガーショーとは、大河ショー和のニックネームだ。ストレスまみれのサラリーマンをひと時現実から逃避させてくれる作家、大河ショー和は、タイガーショーで通っている。

「あの……でも、実を言うと……『ウサクマちゃん』の第二弾はもう書きあがっていて、一度、ちらっと作品を読んでいただきたいなと思って……」

　楓子さんは、左胸ポケットにそっと左のこぶしを当てた。

　そこには、猫のシンプキンが吉井くんから奪い取った川崎大師の厄除けお守りが入っている。

「じゃあさ、今日のパーティーでしっかり営業して、『新宿魔法陣妖獣伝』を映画化までこぎつけたら、『ウソクマちゃんの冒険』第二弾を考えてもいいよ」

　亜蘭は苦々しい顔で言う。

「『ウソクマ』じゃなくて『ウサクマ』です」

　楓子さんは苦々しく訂正した。

　でもすぐに口角を上げた。笑顔だ。こういう時こそ笑顔だ。笑顔は笑顔を運んでくる。呪文のように、心で繰り返した。

　しかしその声は、漏れていた。

「……笑顔は笑顔を運んでくる……」

「……笑顔は笑顔を運んでくる……」

　楓子さんの怨念のこもった呪文がうっすら聞こえてくると、編集長は、退席したい気持ちMAXになった。

今日はもうこの二人に、これ以上弾む会話は望めない。

「っていうか、ヘイ、ユー。何をシケた面してやがるんだい？」

この時、楓子さんたちのテーブルにやってきたのは、レイバンの真っ暗なサングラスに黒の革ジャン、黒の革パンツ、黒のウェスタンブーツに、今時ありえないが、髪はリーゼントの長身のイケメンだった。

左耳にはダイヤモンドのピアス、指にはクロムハーツのごてごてした銀の指輪が複数個。革ジャンの胸はかなりはだけて、肌が丸見え。そこには金の喜平ネックレスが、ギラギラと輝いている。

亜蘭編集長はぎょっとした。

「編集長、僕です、吉井です、吉井遼（りょう）です」

あの爽やか好青年、ちょっと押しの弱い楓子さんの担当吉井くんが、すごいこわもてイケメンの体（てい）で現れた。しかし、『ヘイ、ユー』とか、『シケた面』とか、昭和の匂いがプンプンで、違和感しかない。

「えっ、何？　あ、そうか、お前、今日は覆面作家楓子さんのビジュアル担当ね？　それより、タイガーショーって、そういうイメージなの？　すごい昭和のイイ男って感じだね？　小林旭のマイトガイ的なカンジ？」

亜蘭編集長は、吉井くんを上から下までなめるように見た。

「僕、今日はとにかく、大河ショー和になりきってまいりました。今回のこのパーティーのため、もう丸三日、楓子さんちで、タイガーショーになるべく特訓を受けてきたんです。そんでもって、楓子さんは、僕の担当編集者ということで、立ち位置逆転してます。今日は僕たち二人で、がっちりいい仕事取ってきますよ！」

一方、楓子さんは口角をキュッと上げているが、その目は死んでいる。『ウサクマちゃん』第二弾却下から、なかなか浮上できていない。

「あの編集長、この服とかアクセサリーとか、美容院代とか、経費で落ちますよね？」

吉井くんは、小声で聞いた。

「もちろんだ、吉井！　すべては今日のパーティーでの『新宿魔法陣妖獣伝』映画化獲得にかかっている」

と、いうことは、映画化しなければ、すべて自費となる。

そこに吉井くんはまだ気がついていない。

「大丈夫です、今日は僕、負ける気がしません！　楓子さん、頑張りましょう！」

吉井くんは、楓子さんにガッツポーズだ。しかし当の楓子さんは、まだ腐った魚のような目で、

「……今日の涙が……明日の花を咲かせる……」

とか、

「……人生……負けるが……勝ち……」

などなど新たな呪文を呟いていた。

吉井くんは、担当作家に駆け寄ると、そっとその背中をさすった。

＊

午後六時、赤坂、ホテル・オーヤマの宴会場『花の舞』は、今年の『日本マジカル映画祭』で最優秀賞を受賞した俳優、女優、監督、映画会社の人、過去に受賞歴のあ

る芸能人などが集まっていた。

招待客は、厳選された百名ほどなので、周りはＶＩＰだらけである。

宴会場はカクテル・ビュッフェの形式をとっているので、寿司、うなぎ、蕎麦、デザートなどのブースが壁際に並び、中央には、目の前で切り分けるローストビーフやイタリアン各種、フレンチもあり、一流シェフたちが腕をふるっていた。

ワイン、シャンパン、日本酒、ビール、カクテル、フレッシュ・ジュース、コーヒー、紅茶、なんでも飲み放題。かなり豪勢な立食パーティーだ。

「あっ！　土方リコさんがいるっ。えっ、片浦健も来ている！　あの二人、この間の映画で恋人同士だったなー。僕、久しぶりに大号泣しましたよー。うわー、半田玲子さんだ、めっちゃ綺麗だなー。あっ、大御所の大道寺茂さんもっ」

タイガーショーこと吉井くんは、人気俳優さんたちにきょろきょろ目がいってしまう。そして、スマホを取り出し、カシャカシャ有名人たちを撮っていた。

「吉井くん、しっかりして。今日は映画の仕事をとってくるんだからね。タイガーショーなら、どっしりと構えてないと。あなた、自分こそが今日は大スターだと思ってちょうだい」

楓子さんは案外しっかりしていた。どんな大スターが目の前をちらつこうとも動揺しない。というか楓子さんは、平成と令和の大スターたちをほとんど知らない。彼女の心の芸能界では、石原裕次郎さんと美空ひばりさんが、若めの世代では、田原俊彦さんと松田聖子さんが今もキラキラ輝いている。

「うは――っ！　五十嵐彩さんだっ！　どっ、どうしようっ、僕、彩さんのファンクラブに入ってるんですよっ！　エイ・ワイ・エイ、アーヤーちゃん！　プリティスマイル、フォーエバー！」

吉井くんは、五十嵐彩のコンサートでの掛け声を思わず口ずさんでしまう。

五十嵐彩はアイドル歌手から脱皮した、今や人気の名女優で、二年前の『日本マジカル映画祭』で新人賞を取っていた。年齢二十四歳、まだまだ若くてピチピチしている。

淡いピンクのシフォンのドレスは、胸で切り替えになっていて、膝丈。袖はパフスリーブ。髪も目の色も薄く、妖精みたいに美しい。

「あう、あう、楓子さんっ、僕……サインもらっちゃだめですよね……」

吉井くんは完全にパニックだ。スマホを持つ手が震えだした。

言い換えると職場放棄に近い状態だ。

「吉井くん、落ち着いて。サインくらい後でもらってあげるから。私、そういうの得意だから、まかせて！　それより、まず映画会社の方を見つけて、タイガーショーを売り込まないと。今日のこの日のために、うちで丸三日合宿したのを忘れたの？」

「えっ、そ、そうですよね、楓子さん、すみません……。ついうっかり、舞い上がってしまって……」

「吉井くん、ほら、なりきらなきゃ。あなた、タイガーショーなのよ、何度も何度も練習したわよね？」

「ええ、頑張りますっ」

「じゃあ、もっと中央に行きましょうよ。こんな端っこにいてはダメ！」

楓子さんは担当編集者、かつマネージャーになりきっていた。おばさんは、目の前にニンジンがぶら下がると強い。今、頭の中には、バーモント州にあるターシャ・テューダーの素敵な庭が広がっている。

「そうだわ、どうせならあなたの好きな女優さんの近くに行きましょうよ。彼女の周り、すごい人だかりだわ。きっと、映画会社の人たちね」

楓子さんは、吉井くんの背中をグングン押して、中央テーブルの近くにいる五十嵐彩のそばにじりじり寄せていく。

五十嵐彩は、プチ・ケーキ各種がかわいく盛られたお皿を手にしていた。

「うわあ〜、彩ちゃんはやっぱりケーキが似合うな〜」

そして喉が渇くと、ストローでレモンスカッシュを一口。何もかもが絵になる女優さんだ。

吉井くんがぼーっと五十嵐彩に見とれていると、あまりの混雑のせいか、それとも何かにつまずいたのか、五十嵐彩の隣の男性が「うわあっ！」という奇声とともに、よろけてしまった。そしてあろうことか、持っていたローストビーフとフライドポテトがのった皿を、放り出してしまう。

なんと料理は、ダイレクトにタイガーショーにぶちまけられる！

と、思ったら——楓子さんが、ここ三十年見せなかった俊敏さで、タイガーショーをかばうと、飛んできたローストビーフを、全身で受け止めていた。皿も割れないように、床上三十センチでキャッチしている。フライドポテトだけ、残念ながら、床に散乱してしまった。

一瞬、その場が凍りついた。

「ああ～おばさん、ごめんね、ごめんね！」

楓子さんは、瞬時に男の胸元を見た。ネームプレートがついている。

『月星映画制作部　副部長　国広正』と書いてある。

楓子さんのグレイのスーツは、肉まみれだ。

一方、五十嵐彩は、国広の背中をバンバン叩き、

「国広っちぃ、何やってんのよー、もうヤダー、ドジなんだからあ」

と、大笑いしている。

それを見た吉井くんは目が点だ。

「いっ、い（ったいなんなんですかっ！）」

吉井くんが「いったい」の「い」まで言ったところで、当の楓子さんが吉井くんのウェスタンブーツの足をずしっと踏んで、後半は音声にならなかった。

「どうも、初めまして、私、翔岳館『ナイト・ハンター・ノベルス』編集部の森野楓子と申します。で、こちらが、私が担当しております、作家の大河ショー和です」

おばさんは、ピンチにつよい。

そしてピンチをチャンスに変えるのが、おばさんだ。

何事もなかったかのように楓子さんは、吉井くんをぐいっと前面に出した。

「えっ、こちらがタイガーショー先生？　ウソっ、オレ、『新宿魔法陣妖獣伝』の大ファンなんですっ！」

ローストビーフぶっかけ男は、吉井くんの手をぎゅうっと握ってはなさない。

「ってゆーか、タイガーショー先生、想像よりすっごいお若いっすねぇ！　オレ、先生って、アラフィフで同じ世代なのかと思ってましたよぉ～」

「君、そんなことより私の担当編集のお嬢さんに、まず、謝罪して仁義をきってもらえるかい？　男が女に非礼を働く時、それは自分の命とひきかえにしてもいい時だけだ。そのくらいの覚悟があってやったことなら、許されるが……」

やっとタイガーショーになりきった吉井くんは低いクールな声で言った。しかしレイバンのサングラスの奥に隠された目は、すっかり泳いでいる。

「ああ、その言い方、ロドリゲス杉田だ――っ」

月星映画制作部副部長は、感激で震えてしまう。

「あの、ホント、すみませんでした、タイガーショー先生担当のお嬢さん、えっと、だ。
　ロドリゲス杉田、あるいはタイガーショーにとって、女性はみんな永遠のお嬢さん
「森田でも森野でもお好きな呼び方でよろしいですよ。こんなのなんでもありません。
私、ちょうど、ローストビーフが食べたかったところなんです」
　楓子さんは、おばさんパワー全開だ。何を思ったのか、まだ胸にペッタリはりつい
ているローストビーフを指でつまむと、さっと口に入れた。
「さすが、ここのローストビーフはいつ頂いてもおいしいわ。これは但馬牛ね？」
　楓子さんは、周りのどよめきをものともせず、言った。
　すると、この騒ぎをさっきから気にしていた中央のローストビーフ担当のシェフが、
楓子さんに声をかけた、
「マダム、よくご存じで嬉しいです！　私どもこのローストビーフには、希少価値の
但馬牛を使ってるんです！　神戸といったら但馬牛です！　わかっていただけて感激
です！」
　すると、先ほど入り口付近で見かけた女優の土方リコがやってきて、楓子さんの上

着を、ウェットティッシュでさっと拭いてくれる。

「まあ、ご親切にありがとう。あなた確か、『爽やかキラッとモーニング』の歯磨き粉のコマーシャルに出ていらっしゃるお嬢さんよね？　お優しいのね」

「だって、せっかくのシャネルがシミになってしまいますわ」

　土方リコが心配そうに言った。大人の魅力の彼女は、知的な美しさを備えていた。年のころは三十代前半。ショートカットにきびきびした物言いが気持ちのいい人だ。楓子さんは、一瞬でファンになってしまった。

「ええーっ、楓子さん、その落ち着いたスーツ、シャネルだったんですかっ？」

吉井くんは驚いてしまう。父親がパリに赴任中だった頃、楓子さんの母親が、現地で作ったスーツだ。いいものは、何年、何十年でも着られる。

「ワタシ、但馬牛なんて、知らな〜い。彩、お肉って嫌〜い。匂い嗅ぐだけでオエッてきちゃう。っていうか、あのおばさん、きったな〜い。服についたお肉食べた!!　信じられな〜い！　っていうか、気持ち悪い〜〜」

　土方リコの優しさに脚光があたったのが気に食わないのか、人気女優はかなり感じ悪かった。吉井くんは自分の女性を見る目のなさに、ほとほとがっかりしている。

「あの、タイガーショー先生の担当編集さん、改めて、本当にすみませんでした。私、遅くなりましたが、こういうものです」

月星映画制作部副部長は、やっと名刺を楓子さんに差し出した。

「まあ、映画会社さんだったんですね。月星映画といえば『ウルフ・ライダー東京滅亡カウントダウン』が面白かったですね。あれは最高でした」

楓子さんは、各映画会社のことを調べに調べ上げて、ここに来ている。

「光栄です！　観てくださったんですか！　あれ、実は私が制作にかかわっていたんですよ！」

ローストビーフ男は、楓子さんにぺこぺこし始める。

「月星さんのアクション映画は、クオリティが高くて、あの臨場感は、アメリカ映画顔負けですものね」

アメリカ映画といえば、トム・ハンクスとかダスティン・ホフマンなどの恋愛系しか見ない楓子さんだが、今日は別人格になっておしゃべりが止まらない。イギリス映画だったら、ラブコメのヒュー・グラント命だ。『ノッティングヒルの恋人』はもう三千回くらい見て、セリフは英語でも日本語吹き替えでも、全員のパーツを全部そらで言える。

だってターシャの庭まで、あともう一歩だ。おばさんは手綱を緩めない。

「そうだわ、国広副部長、どうかうちのタイガーショーの作品も、いつか映画化してくださいな」

楓子さんは、ずばり本題を切り出した。

遠くで亜蘭編集長が、手に汗握っているのが見えた。

しかしこの瞬間、楓子さんは自信がなくなる。自分は先ほど『ウサクマちゃん』第二弾ですら却下された身だ。

「『新宿魔法陣妖獣伝』、映画化か〜〜！　それ、マジでいいっすね！　オレが指揮とりたいな〜〜！　ＣＧとか駆使したら、すっげえ迫力ありそう」

国広はワクワクした顔で言った。

あまりの好感触に、吉井くんと楓子さんは息をのんだ。

「あの、あの、すみません、俺も実は『新宿魔法陣妖獣伝』の大ファンです！　あの、タイガーショー先生、握手してもらっていいですか？」

人込みをかき分けてやってきたのは、今年のこの『日本マジカル映画祭』で、最優秀俳優賞を取った片浦健だった。黒のタキシードが眩しいくらいに似合っている。

片浦健は顔を上気させながら、タイガーショーと握手する。

「タイガーショー先生って、俺と同じくらいの年なんですね。ものすごい年配の方だと思ってましたけど、カッコいいです！　ますますファンになっちゃいました！　先生って、ご本に著者近影とかの写真がないから、どんな方かと思ってました！　なんか、想像以上に雰囲気があって、憧れちゃいます！　あの、俺、一緒に写真とか、いいですか？」

片浦健が、頭をペコペコさせながら、自分のスマホを楓子さんに渡した。

「えっ、これ、どこ押すんでしたっけ？」

スマホに詳しくない楓子さんは、あたふたする。

「あ、じゃあ、私が撮りますね」

先ほどの優しい女優さん、土方リコが、片浦健とタイガーショーのツーショット写真を撮ってくれた。

「楓子さん、すまないけど、俺のスマホで、こちらのリコお嬢さんと舎弟の片浦健の写真を、一発ぶちかましてくれるかい？」

タイガーショーになりきりすぎの吉井くんが、自分のスマホを楓子さんに渡した。

楓子さんは、吉井くんのスマホならなんとか使いこなせる。

「うわあっ、タ、タイガーショー先生！　お、俺を、俺を今、舎弟って呼んでくれたんですかっ！」

片浦健の目が、感激のあまり潤んでしまう。

楓子さんは、自分が書いているものの影響がこんなにも大きくて、頭が痛くなってきた。もう永遠に『ウサクマちゃん』ワールドには戻れない気がしている。

「国広さん、『新宿魔法陣妖獣伝』を映画化するなら、俺を使ってくださいっ！　俺みたいな若輩者は、とてもロドリゲス杉田にはなれないけど、端役でいいから、オープニング五分で、洗脳されて、そのまま自爆してもいいから、出してくださいっ！　出演料いらないです！　エンドロールにも名前載せないでオッケーです！」

片浦健は、月星映画制作部副部長に直訴した。

楓子さんの庭はもうほとんどターシャ・テューダーの庭だ。四季折々の花が咲いているのが見える。

楓子さんと吉井くんは、お互い心の中でハイタッチした。

と、その時だった。

プチケーキを食べていた五十嵐彩が、持っていたお皿を近くの円テーブルに置くと、国広副部長に言った。

「国広っちぃ、次は彩の『ラブ・イズ・ゴーゴー』を撮るって言ってたのにぃ！　なんなの、ヨージューデンって。そっちがそんなに大切なら、彩、もう映画になんか出ないっ！」

アイドル女優さんが、ものすごく不機嫌になっている。

「も、もちろん、次は彩ちゃんの映画だよ。『ラブ・イズ・ゴーゴー』で、ハリウッド・デビューだよ！」

と、その時、別のお偉いさんも駆けつけた。

「彩ちゃん、今日もめっちゃかわいいね。『ラブ・イズ・ゴーゴー』には、うちの社運をかけてるから、頑張ってよぉ」

男のネームプレートに、月星映画制作局長と書いてある。これはかなりの重鎮だ。

「で、こちら、どなた？」

その映画制作局長が、楓子さんと吉井くんをチラリと見て、国広副部長に聞いた。

「ああ、すみません、まったく関係ないです、今ちょっと、出版社さんと、冗談言ってたところで」

冗談……。楓子さんの血圧が急降下していく。

「あの、どうも、初めまして、私、翔岳館『ナイト・ハンター・ノベルス』の編集で、大河ショー和の担当をしております」

くじけない楓子さんは、月星映画制作局長に早速挨拶だ。口角をきゅうっと上げて、本日最大級の笑顔を披露した。

「『ナイト・ハンター』って、エログロ・ハードボイルド系だよね？　俺はあまり読まないけど。なんか昭和臭きついっていうか……。それより、彩ちゃん、ロケ、来月ロスからスタートするよ。体調、ばっちり整ってるカンジ？」

楓子さんとタイガーショーは完全にスルーされた。

「なんか、彩……今……気分……悪くて……」

五十嵐彩はふてくされた顔をしていた。

「ああ、そうだね、ごめんね。オレが妖獣なんて話に出すから、気持ち悪くなるよね。彩ちゃんはナイーブだもんね」

国広副部長が、おろおろしながら女優をなだめる。

「お前、ほら、ちゃんと彩ちゃんをサポートしろよ。何やってんだよ」

五十嵐彩はテーブルに手をつくと、みるみる顔面蒼白になっていく。

「あ、もう……だめ……」

そのままずるずると膝から崩れ、フロアに倒れこんでしまった！

「うわあっ」とか「きゃあっ」とか声があがり、あたりは騒然とする。

五十嵐彩は、口から白い泡のようなものを吐いていた。

「おい、国広、救急車っ！」

月星映画制作局長が言った。

そこへ、黒のスーツにべっ甲の眼鏡をかけた年配の女性が、駆け寄ってきて、

「救急車はだめですっ！　騒ぎになるわ。ちょっと横になっていたら、治るから！

今、彩は疲れがたまっているの。昨日もまったく寝てないのよ！」

マネージャーらしき女性が、電話をかけようとする国広を制した。

楓子さんは、倒れている五十嵐彩に近づきしゃがみこむと、じっと様子を見た。

血の気が失せた顔をしている。

「なんか、アーモンドの匂いがするわ……」

楓子さんは、吉井くんに言った。

「そんな！　アーモンド臭っていったら、青酸カリじゃないですかっ！」

吉井くんは、絶叫する。

「せ、青酸カリっ？　なんでうちの彩がそんなものを！」

マネージャーはパニックだ。

ようやく事の重大さがわかったのか、マネージャー自ら救急車を呼んでいた。

「誰なのっ、彩を青酸カリで殺そうとしたのはっ！　うちの彩が売れているからって、卑怯なマネしないでっ！　彩っ、彩っ、大丈夫っ？」

マネージャーは五十嵐彩をゆするが、まったく反応がない。

「彩ちゃん、しっかりして！　大丈夫っ⁉」

土方リコが駆け寄って、彩の手を握った。

「どうしたんだっ⁉」

片浦健も、人込みをかき分けてきた。

「ちょっと、このケーキ、誰が彩に持ってきたのっ？」

マネージャーが円テーブルに置いてある、彩が食べていたケーキの皿を見て言った。

「彩ちゃん、甘いものが食べたいって言って、自分で持ってきてましたが」

国広副部長が言った。

「何のケーキを食べてたのっ？」

「え……プチケーキだから、適当にいくつかのせていて……何がなんだか……」

マネージャーはケーキ・ビュッフェのところへ走り、そこにいたパティシエにたずねた。

「あなた、五十嵐彩は自分でケーキを選んでいた？　それとも誰かが選んでいたの？

その現場を見た？」

「えっと……すみません……よく覚えてないんですが……ご自分で、選ばれていたんじゃないかと思います……」

ケーキ・ビュッフェは人気なので、青酸カリを入れるには人の目がありすぎる。

「あの……五十嵐さんは何かアレルギーを、おもちなんですか？」

マネージャーの後を追ってきた楓子さんが聞いた。

「そんなの今、どうでもいいでしょう？　第一、あなた何なのっ！　マスコミだったら許さないわよっ」

マネージャーはパニックになっていて、けんもほろろだ。

楓子さんは、近くにあったフォークを手に取ると、一つ一つケーキを食べ始めた。

一口大のケーキなので、パクパクと次々食べられる。

「やっぱり、ホテル・オーヤマのプティガトーは違うわ。私、このピスタチオのケーキが一番好きだったな……十年以上ぶりかも……最後に食べたのは、お父さんとディナーに来た時ね……懐かしいな……」

楓子さんは、こんな時なのに、しんみりと想い出に浸っている。

一方、五十嵐彩の周りは大騒動になっていた。

遠くで救急車のサイレンが、鳴り響いていた。

ミス・メープル誕生

ホテル・オーヤマの宴会場『花の舞』に、救急隊と警察官がどやどやと詰めかけてくる。華やかだったパーティー会場が、あっという間に、ものものしい雰囲気に包まれた。

「五十嵐さん、大丈夫ですか？ わかりますか!? 返事、できますかっ!?」

救急救命士が、ぐったりした彩に声をかける。

「皆さん、どなたも、この会場から一歩たりとも出ないでください！」

警官たちは『花の舞』を封鎖した。

「なんだか、とんでもないことになってしまいましたね。この招待客の中に、犯人がいるということなんでしょうか？」

吉井くんがケーキ・ビュッフェにいる楓子さんを見つけて、駆け寄ってきた。

五十嵐彩は、救急救命士の問いかけに答えることもできず、とうとう担架に乗せられ、会場から運ばれてしまった。

楓子さんは心配そうに、その女優の姿を見ていた。

しばらくして、刑事がケーキ・ビュッフェにやってくると、プチケーキすべてに鼻を近づけ、匂いを嗅ぎ始める。

その様子を見た楓子さんは、

「刑事さん、ケーキはどれも大丈夫ですよ。私、全種類、食べてみましたから」

楓子さんは、バッグから小さなタッパーを取り出すと、トングでプチケーキを詰め始める。

「ちょ、おばさん、あんたなに勝手なことをしてるの！　これはすべて証拠品だよっ、持って帰っちゃだめだよ！」

刑事は楓子さんからタッパーを取り上げ、中のケーキの匂いも嗅いでいる。

「あんた、なんなの。ここで何をしてるの？　こんな騒動の中、一番問題になっているケーキを持ち出そうなんて、いったいどういうことっ⁉」

刑事が訝しげに楓子さんを見た。

「なんでって、ケーキがどんな味なのかなと思って……。ホントにケーキはどれも大丈夫ですよ。特においしいのがコレ！」

楓子さんは、ピスタチオのプチケーキをフォークで突き刺すと、さっと口に入れてしまった。

刑事は目の前のおばさんのあまりに傍若無人なふるまいに、思わず「わあっ！」と声をあげてしまう。

「ああ、この発酵バターがいいのよ……。これ、フランスのエシレ使ってるわ。さすが、ホテル・オーヤマだわ……私、今日来てよかった……」

「はあっ？　エチレンっ!?　エチレンなんて、使ってるのかっ！」

刑事が目を吊り上げて言った。

「エチレンじゃなくて、エシレです。フランスの有名なバターの会社です。このバターをつけてバゲットを食べると、気分はパリジェンヌなんです。ボンジュール、ポリスィエ、サバ？（こんにちは、刑事さん、お元気ですか？）」

楓子さんは幼少期をすごしたフランスを思い出す。だからプチケーキは正しくはプティガトーだ。

「おばさん、あんたなんなの？　なんでこの宴会場にいるの？　っていうか、上着どしたの、そんなに汚れちゃって……」

刑事は一瞬、気の毒な人を見るように、楓子さんを見た。

「ああ……私は、ただの出版社の編集者です……」

「どこの⁉」

刑事という仕事柄、しようがないかもしれないが、彼はさっきからずっと、事情聴取口調だ。

「翔岳館です」

「どうでもいいけど、あんた、さっきから肉の匂いがするよ」

刑事は鼻がきく。

「但馬牛です」

楓子さんは、自分が覆面作家であることを突っ込まれたらいやだな、とそれだけが気になっていた。この刑事はきっと、アレコレ怪しんで聞いてくるだろう。

「で、なんでここにいるの？　映画関係のパーティーでしょう？」

「なんでって言われても、まあ、営業ですね。うちの作家の本を、映画化していただきたいと思って……気合を入れてきたのに……」

そう言いながら、楓子さんは取り上げられたタッパーを返してもらいたくてしかたがない。あのタッパーは、西ドイツのスーパーで買った優れものだ。

考えだすと、頭の中がタッパーでいっぱいになる。あんなかわいいタッパー、日本にはない。

「ところで、こちらのあんたは、誰？　それ、コスプレ？」

刑事は今度は吉井くんをマークした。吉井くんも、楓子さんといい勝負で怪しい。

「あの……ぼ、僕は……作家で……」

吉井くんは冷や汗をかいている。

「作家って、何を書いてるの？　ペンネームは？」

吉井くんはもじもじしながら、手にはめた複数の指輪を何気なく外していく。それを革ジャンのポケットに一つ一つしまう。できれば、ダイヤモンドのピアスも外したい。もうこれ以上、目立つのは嫌だ。

「た……大河ショー和、と申します」

「聞いたことないな」

刑事は一刀両断、バッサリだ。

楓子さんも吉井くんも、しょんぼりしてしまう。さっきまでタイガーショー先生と呼ばれ、涙まで流さんばかりの俳優もいたのに……。

「で、なんで、無名の作家がこんな盛大なパーティーに呼ばれてるの？　っていうか、本当に呼ばれてるの？」

失礼この上ない刑事だ。でもまあ、犯人逮捕時に気を遣いながら質問していたら、日本の犯罪検挙率も相当下がるだろう。

「無名じゃありません。大河先生は、翔岳館『ナイト・ハンター・ノベルス』で一番人気の作家です。ある意味、金の生る木です」

楓子さんは淡々と答えた。

「じゃ、名刺見せて。あるんでしょ？　あんたら二人とも、何か臭うわ。青酸カリ入りのケーキの回収に来たんじゃないの？　五十嵐彩に恨みでもあるのか？」

ものすごい発想力と偏見で、吉井くんと楓子さんは今、犯人になった。

「刑事さん。ですからね、ケーキに青酸カリなんて、入ってませんよ」

楓子さんは、またフォークをピスタチオ・ケーキに突き刺そうとして、刑事にピシッと手の甲を叩かれた。

「いったーい、ひっどーい。私、親にも叩かれたことなんてないのにっ……」

楓子さんは泣きたくなる。

「これは証拠品だって言っただろっ、食うなっ！」

刑事が来る前に、もっと食べておけばよかったと楓子さんはがっかりだ。思い返せば、このホテルで国際弁護士と見合いした時も、伊勢海老のお造りが目の前に出てきたにもかかわらず、一口も食べられなかった。

「あのな、五十嵐彩から、アーモンド臭がするんだ！　彼女はここにあるケーキを食べて倒れたんだ！」

楓子さんは、叩かれた手をさすりながら言った。

「あの、青酸カリでしたら、フッー即死ですよね……」

楓子さんは言いながら、もうあの西ドイツのタッパーは返ってこない、と思うと悲しくなった。あのタッパーを持って遠足に行ったり、作りすぎた煮物を詰めたり、そのまま腐らせてしまったり……想い出がいっぱいなのに……。

「たぶん、致死量は食べてないんだろう。彼女、あんたみたいに、バクバク食べるタイプじゃないからな。けがれをしらない妖精みたいだ……気の毒に……」

刑事は、タッパーを取り上げられた楓子さんのことは、気の毒ではないようだ。

「あの……ところで……もう……私たち……いいですか……」

楓子さんは、事情聴取を続けられることに疲れてきた。おばさんにとって、長時間立っているのは苦行だ。遠くに椅子が見える。とにかく、ちょっと座らせてほしい。今、楓子さんの頭の中は、タッパーから椅子に変わった。

「まだだ。お前たちだけなぜ、このケーキの前にいたか、しっかり聞かせてもらおうか？」

「ですから、ケーキに青酸カリは入ってないですから。たぶん彩さんは、アレルギーです。考えられるのは、このキウイのフルーツゼリーでしょうか？」

楓子さんは、ケーキ・ビュッフェの隅にある、キウイが小さくスライスされてぷるぷるゼリーの中で固まっているミニグラスを指さした。ぷるぷるゼリーの上に、生クリームがトッピングされているので、よく見ないと、中にキウイが入っているのはわからない。

「私、ずいぶん前に『照子（てるこ）の部屋』に五十嵐彩さんがゲストとして出られているのを見たんです。彼女、春先は花粉アレルギーがひどくてコンサートも開けないし、映画のロケも無理で、二月から五月上旬までは、毎年開店休業状態だっておっしゃってたんです」

お昼のトーク番組『照子の部屋』は、楓子さんのお気に入りだった。

友人、知人、血縁の少ない楓子さんの強力な情報源は、トークを引き出す天才インタビュアーの白柳(しろやなぎ)照子さんだった。

「花粉症とキウイは関係ないだろっ?」

刑事はおばさんトークを長々と聞かされ、だんだんいらいらしてきた。

「いえね、重症の花粉症患者の一割ほどの人が、口腔アレルギーを発症するんです。新鮮な生の果物なんかを食べると、口やのどにかゆみやイガイガを感じるアレです。まれに呼吸困難や、もっとひどい場合は血圧が低下し、意識がなくなるなどのショック状態に陥る『アナフィラキシー・ショック』を起こしたりします」

「どうでもいいよ。あんた医者か?」

「とにかく五十嵐さんは、かなり重度の花粉症のようですから、もしかして生の果物にアレルギーをお持ちかと思って……その一番よくあるケースが、キウイなんです。

ケーキ・ビュッフェの中で、ほぼ生に近いフルーツを使っているのは、このゼリーだけですから……。他のは煮たり焼いたりしているから、そう簡単にはアレルギー反応は出ないかと……。もちろん、蕎麦とか小麦アレルギーでしたら、煮ても焼いても即、アレルギー反応が出て、たいへん危険ですが……」

楓子さんは熱く語ったが、刑事は不愉快になるだけだ。

しかし、知っている知識はすべてご披露したいのがおばさんだ。

「あの……でも楓子さん、アレルギーがあるのは、本人が一番よく知ってるし、気をつけていると思いますよ。ゼリーにスプーンをつっこんだら、あっ、キウイだと思って、フッー食べないんじゃないでしょうか？」

吉井くんが、楓子さんに耳打ちした。

「う、うん、そうなんだけどね……」

楓子さんが、刑事には聞こえないように、ひそひそ話をする。

「え――――っ、それはないでしょうっ？」

吉井くんは、悲鳴にも近い声で、叫んでいた。

「ええ……でも、なんかそんな感じがして……」

楓子さんは、気の毒そうに言った。

この時、刑事のスマホが鳴った。

「はい、灘田警部補」

刑事は厳しい顔でスマホに出た。階級は警部補。苗字は灘田、だ。

「えっ、はいっ？　えっ？　そうですか？　そりゃよかった。ふーん、なるほど、なるほど……。へえ、そうなんですか。そりゃそりゃ……。では、封鎖、解除します」

灘田警部補という刑事は、中央のテーブルに行き、足止めしている招待客に向かって言った。

「五十嵐彩さん、意識を取り戻しました。もう大丈夫です。救急救命士の迅速な処置により、まったく問題ありません。蓄積疲労もあったようです」

会場から安堵のため息と、拍手がわき起こった。

「でもさ、青酸カリはどうなったんですか？　青酸カリがケーキにしこまれてたんですよね？」

国広映画制作部副部長が聞いた。

「ですから、青酸カリではなく、単なるアレルギーだったそうです」

灘田警部補は、苦虫を嚙み潰した顔で答えた。

「あの……何の……アレルギーでしたか……？」

楓子さんが、いつのまにか警部補の前に来ていた。

「あんた……またか……」

灘田警部補は小声で楓子さんに言った。

「ホントそうですよ、何のアレルギーだったんですか？　私、彼女の次回作の映画の担当だから、知っておかなきゃいけないんです。教えてください！」

国広副部長は、楓子さんをフォローした。

「えっと……フルーツのアレルギーです……ね……」

灘田警部補は、言葉を濁した。

「キウイかしら……？」

楓子さんは話を終わらせない。おばさんは、ちゃんとした答えを知りたい。

「では、キウイということで。以上です！　皆様、お引止めして、すみませんでした。パーティーをどうぞ、継続してください」

灘田警部補は、楓子さんから目を逸らして言った。

「あのさあ、でも、そちらの出版社の編集者さんが、最初に青酸カリって騒いだんだよね？」

ここにきて月星映画制作局長が、いらんことを思い出す。この人は最初から楓子さんにつれなかった。

「い、いえ、私はアーモンドの匂いがするって言っただけなんです。そしたら、うちの大河先生が、アーモンド臭っておっしゃるから……誤解を生んでしまって……先生はいつもなんでも事件にしてしまうんだから、やあねえ」

楓子さんが吉井くんを売った。

「いえ、タイガーショー先生は間違ってません！　アーモンド臭といえば、青酸カリです！　やっぱり『新宿魔法陣妖獣伝』の作者は、読みが深いな……」

ありがたいことに、国広副部長がこの場をとりなしてくれる。

「えっと、あ、あの、みなさん、これです、この円い小さなタルトがアーモンドパウダーをたっぷり使った焼き菓子なんですよ」

楓子さんは、いつのまにかまたケーキ・ビュッフェに戻って、そこにあるアーモンド・タルトをいくつかお皿にのせて速攻で帰ってきた。

「さ、みなさん、どうぞこれを召し上がってください」

楓子さんは、近くにいた人にタルトを勧める。

一口食べると、外はさっくり、アーモンドとバターの香りが口に広がり、やみつきになる味だ。五十嵐彩はこれを食べたのだろう。

「あらホント、これ、おいしいわね……アーモンドが香ばしいわ」

「あそこのケーキ・ビュッフェにあるのかい？　他のケーキもおいしそうだね」

「ピスタチオのケーキが、一番、お勧めです。召し上がってみてください」

楓子さんは張り詰めたパーティーの雰囲気を、いつのまにか和やかに戻していた。

待機していたバンドマンが、ようやくジャズを演奏し始める。

「ちょっと、楓子さん、ところで映画化の話はどうなったのさ？」

亜蘭編集長がやってきて、厳しい顔で言う。

「月星映画では……無理かもです……局長が大河ショー和の作品群はお好きじゃないみたいで」

「じゃあ、他の映画会社の人、探してみようよ。『昭栄(しょうえい)映画』とかの人、いないの？

『東洋映画』は？　みんな来ているはずだよ」

亜蘭編集長はあきらめない。

「いえ、私、今はそれよりちょっと……用が……あって……」

疲れ切った楓子さんは、亜蘭編集長から離れていく。

『ウサクマちゃん』の構想も遠く離れていった。

「あの……楓子さん、ごめんなさい、イヤな思いをさせてしまって……」

くっついてきた吉井くんが、楓子さんに謝った。

「何言ってるの、吉井くんは悪くないわよ。今日は縁がなかっただけ。こういう時は無理やりじたばたしないの。追えば追うほどチャンスは逃げていくわよ。チャンスって、ガツガツした人が嫌いなの」

それより楓子さんは、別のことを考えていた。

「あの……先ほど、楓子さんが言ってたこと、本当ですか……？」

吉井くんが顔を曇らせて言う。

「ええ、どうにかしてあげなきゃ、と思って……一緒に来てくれる？」

楓子さんは、パーティー会場の中、先ほどのタイガーショー・ファンの片浦健を捜していた。

　彼は背も高く、タキシード姿は目立つので、すぐにどこにいるかがわかる。人気俳優なので、大勢の人が彼を取り囲んでいる。その人波をかき分けて、楓子さんと吉井くんは近づいて行った。

　そこでタイガーショーの出番だ。

「君、ちょっといいかい？　話があるんだが」

　タイガーショー・ファンの片浦健は、すぐに笑顔で振り向いてうなずいてくれた。人払いをしながら静かなところへ移動すると、こんどは楓子さんがたずねた。

「あの……片浦さん……今日いらした時には、ティファニーの指輪をはめてらっしゃいましたよね？　今はもう外されたんですか？」

　あまりに唐突な問いに、彼は虚を衝かれた顔になる。

「あれは、ティファニーのTワン・ワイドリングでしたよね？　十字架を横にしたようにも見えて、とても記憶に残る力強いデザインです。五十嵐彩さんも、同じ指輪を右手の中指にしてました。あなたは左の中指。それは、偶然でしょうか？」

　楓子さんは、美容院で読む、分厚い婦人雑誌の広告で見た、その美しい指輪をよく覚えている。

「あの、大河先生、ちょっとスマホを、貸していただいてよろしいですか?」

楓子さんが吉井くんの携帯を手にすると、とある写真を画面に出し、引き伸ばして片浦健に見せた。そこには先ほどのタイガーショーと片浦健、土方リコの三人が写っていて、引き伸ばした部分は、片浦健の指に光るティファニーだ。

そしてもう一枚別の写メを引き伸ばして見せる。五十嵐彩の大ファンの吉井が、彼女の間近で撮った写真だ。その彼女の指にもティファニーが光っていた。

「君たち、お付き合いされているのかな?」

タイガーショーに聞かれると、片浦健は嘘がつけなくなる。

「ええ……実はそうです……彼女とはもう……二年のお付き合いになります……」

片浦は神妙な面持ちだ。

「彼女がキウイ・アレルギーって、ご存じでしたか?」

楓子さんがたずねた。

「はい、もちろん知ってました。すごく気をつけてました。だからなぜ、今日、そんなものを彼女が口にしたのか、わからなくて……」

まるでそれが自分のせいだというような顔になる。

「あの……間違ってたら……ごめんなさい……。お二人、このごろ、うまくいってなかったということは、ありませんか……？」

楓子さんは、こんなプライベートな質問をして、申し訳ない気持ちになった。

「あの、俺は変わらず彩のことは好きですが、彩が、俺の気持ちが離れていると勝手に思って、ここ半年くらい、ぎくしゃくしてました……」

「彩さんは今日、ケーキを食べている時、土方リコさんを見て、ものすごくびっくりした顔をしたんです……。あなたと土方さんの間に、何かあったのかしら……？」

楓子さんは、土方リコが汚れたシャネルのスーツをウェットティッシュで拭いてくれた時に、すぐ近くにいた五十嵐彩の形相が急変したのに、気づいていた。

「俺、土方さんとは去年、映画でご一緒させていただいて、恋人同士の役をやったので……。彩が、俺と土方さんの間に何かあると勝手に思って……何もないのに……そのことで喧嘩ばっかりで……」

「私も、お二人には何もないと思います。でも、本当に偶然なのですが、今日の土方リコさんの右の人差し指に、同じティファニーのTワン・ワイドリングがはめられていたのは、ご存じでしたか？　彩さんは、たぶん今日、それを見てショックを受けられたんじゃないかと思ったんです」

楓子さんの指摘に、片浦健は呆然としてしまう。

「ちがいます、俺、彼女に指輪なんて贈ってません！」

片浦健は、顔色を変えて真実を訴えた。

「ええ、あなたは贈っていません。なぜなら、あなたと彩さんのリングは、ローズゴールドで、土方リコさんのは18Kゴールドです。しかもリコさんは、人差し指にはめていました。人差し指にはめる指輪は、独身主義という意味があります。あるいは集中力、行動力が欲しい時に、女性は人差し指に指輪をします。彼女は今日、最優秀女優賞をもらって、女優として乗りに乗ってるようにお見受けしました。あの指輪は、彼女のこれからの仕事に対する決意表明のようにも感じました。ですから、あのティファニーの指輪は、片浦さんとは無関係だと思っています。でも彩さんは、たぶん、それを片浦さんからのものだと誤解したんです……」

「では……まさか……彩は……わざと……キウイのゼリーを……食べた……？」

片浦健はショックで震えている。

「彼女……自殺……しようと……思ったのですか……」

「いえ……そこまでは考えていなかったかもしれませんが、とにかく彼女は今、売れっ子で寝る暇もなく、すごく疲れていて……疲れすぎてて、とっぴなことをしてしまったのかもしれません……。精神状態も安定してないようでしたし、今日は終始いらいらしてました。しかも、あの……勝手な想像ですが……彩さん……今、赤ちゃん……授かって……いませんか……？」

楓子さんの指摘に、片浦健も吉井くんも「ええっ!?」と声がひっくり返る。

「彩さんの食べていたケーキがレモンケーキだったり、レモンクリームのマカロンだったり。飲んでいらしたレモンスカッシュにおいては、飾りのレモンの輪切りまで食べてらした。今日着てらしたシフォンのドレスは、胸で切り替えがあるので、おなかのふくらみが隠せます。そして、履いていた靴が、ピンヒールが美しいジミーチュウなのに、わざわざフラットシューズを選んでました」

「ああ……俺……彩のこと、何にもわかってあげてなかった……」

片浦健は、頭をかかえてしまう。

「病院に行ってあげたら？　それだけで、もう、心は通じると思うの」

楓子さんが言うと、片浦健は大きくうなずいた。

「お幸せにね」

「はい、ありがとうございます！」

タキシード姿のまま、彼はホテル・オーヤマを出て行った。

＊

「す、すごいですね、楓子さん、何でもちゃんとしっかり見てるんですね。さすが、作家さんです！」

吉井くんは、あっけにとられてしまう。

「吉井くんのおかげよ。ほら、さっき吉井くん、灘田警部補にあれこれ質問されて、おろおろしながら、はめていたクロムハーツの指輪、何気なく外していったでしょ？あの時、片浦くんの指輪のこと思い出して……。それに、吉井くんがあれこれ写真を撮っていてくれて、よかったわ。自分勝手な推理だったけど、確認できたから」

「いや、でも、楓子さん、すごいです、どこのブランドのどんなデザインの指輪か、まで、知っているから……」

「私、綺麗なものや美しいもの、素敵なもの、心をひきつけて放さないものって、一度見たら忘れないの。今日の片浦健くんの純粋な気持ちも、忘れないわ……」

吉井くんは、地味だと思っていた楓子さんの但馬牛臭いシャネルが、実に恰好いいフォルムに見えてきた。

「さ、吉井くん。私、タッパーを返してもらわないといけないから……」

楓子さんは、灘田警部補を見つけると走っていった。

その後ろ姿を見て、吉井くんは思った。

「やっぱり本物のタイガーショーは、すごい……。楓子さんは今日から、アガサ・クリスティの書いた名探偵『ミス・マープル』だ……いや、楓だから、ミス・メープルか……。僕……これからも、楓子さんを……ミス・メープルを全力でバックアップしていこう……」

今日の衣装もろもろすべてが自腹になった吉井くんだが、心は燃えている。

そのミス・メープルは、警部補からタッパーを返してもらうと、急いでまたケーキ・ビュッフェに行き、プチケーキを、いや、正式にはプティガトーをしっかり詰めていた。

ピスタチオ、チョコレート、ラズベリー、抹茶、カフェモカ、マロン……。

お屋敷に帰れば今晩もまた、あの三段重ねのケーキ・スタンドで、一人お茶会を開くのだろう。

おいしい茶葉が、このホテルのショップにあるという。

十二月は、もうすぐそこ。

シナモン、ジンジャー、ドライアップル、クローブ、ナツメグ、オレンジピール

……スパイスたっぷりのクリスマスティーが、今宵のミス・メープルには似合うだろう。

第二話　危険な航海

メリー・クルシミマス

昭和九十五年（令和二年）、師走。

おばさん探偵ミス・メープル、森野楓子（もりのかえでこ）は、東京世田谷のお屋敷町にある自宅で、庭から運んできた鉢植えのもみの木に、クリスマスの飾りつけをしていた。二メートルはある、立派なもみの木だ。

この鉢植えは通常、屋敷正面玄関前で育てられているが、このシーズンだけ、家の中に入れられ、一人暮らしの楓子さんの生活をピカピカ、チカチカ灯してくれる。

生きているもみの木は、客間に入ったとたん、あたりの空気を清涼にし、癒やしや安らぎを与えてくれる。このフィトンチッドの香りは、森林浴さながら、楓子さんの健康状態をすこぶる良好にしてくれるはずなのだが……。

「うわ――――っ、楓子さんっ、どっ、どうしたんですかっ！」

この日の夕方、大手出版社翔岳館（しょうがくかん）『ナイト・ハンター・ノベルス』の編集者、吉井遼（よしいりょう）くん二十七歳が、合鍵で楓子さんの家に入ると、もみの木の前で倒れている楓子さんを発見した。見ると、シンプキンもルルちゃんも松田さんも、みんな倒れている。

まさか、もしかしてガス中毒かっ？　いや、ガスの臭いはしない。

完成しているクリスマスツリーには、西ドイツ製の木彫りのおもちゃと、ベルギーの赤、緑、金色をしたガラスボールのオーナメントが美しく飾られ、今時珍しく、LEDではない、昔懐かしい白熱ライトがカラフルにチカチカ点滅している。

「楓子さんっ、あっ、い、息してないっ！」

吉井くんは、サロンの緞通（だんつう）に膝をつき、担当作家をゆすり、生死を確かめたのだが、まったく反応がない。元絵本作家、現在ＳＦバイオレンス・アクション・エログロ・

超ハードボイルド作家、大河(たいが)ショー和(やまと)の手には、輝くバカラのクリスタルの星が握られている。

「まっ、まさか、楓子さん、クリスマスツリーのトップにこのクリスタルの星をつけようとして、椅子から落ちたとかっ！　そうだ、きっとそうだ。確か去年もこのバカラの星が、トップで輝いていた」

もみの木のすぐ横に、イギリス製の立派なアームチェアが置いてある。

そのピカピカに磨かれた椅子の座面は、踏み台にすると、いかにも滑りそうだ。

「電話っ、えっ？　どこに電話したらいいんだっ？　一一〇番かっ？　違う、消防だ、救急車だっ、一七七……あっ、それは天気予報だっ。ああもう、僕なんてなんの役にもたたないっ」

吉井くんはパニックになりながら、スマホを取り出し、電話をかけようとした。そのとたん、ブルルルルッと逆に着信があった。

「はいっ、吉井です、ああ……亜蘭(あらん)編集長ですかっ、いや、今それどころじゃないんですよっ。楓子さんが、倒れてっ、あっ」

……プツッ……ツーツーツー。

楓子さんがむっくり起きあがり、肉厚の人差し指で、吉井くんの電話を切っていた。

「楓子さん、生きてたんですかっ！　よかった〜〜!!　息してなかったから、僕もうダメかと思いましたよっ」

「大丈夫、ただの睡眠時無呼吸症候群だから」

楓子さんが起きると、三匹の猫もそれぞれ伸びをしながら動き出す。

「それよりいったい、どうしたんです？　椅子から落ちたんですか？」

「それより今日って何日？　まだ大安？」

この期に及んでなぜ大安かどうかが気になるのか、吉井くんにはわからない。

外はもうとっぷりと暮れている。部屋も薄暗い。クリスマスツリーだけ、妖しくチカチカ輝いている。なんだか場末のスナックみたいだ。

「今日は昭和九十五年十二月四日、金曜日、午後四時三十六分です」

「ああ、よかった。まだ日付、変わってないのね……。私、今日起きてからずっと、クリスマスツリーの飾りつけをしてたの。今日は大安吉日だから、やっぱり縁起のいい日に飾りつけたいものね。で、倉庫からオーナメントを出してきたり、鉢植えのもみの木を綺麗にカットしたり……やり始めたら止まらなくって……朝も昼も食べてないから、電池切れで、肝心のてっぺんの星をつけようと思ったら、もう体が動かないの。と、同時に異常な睡魔に襲われて……五分くらい横になろうと思ったら、そのまま爆睡しちゃって……。『ミヤネ屋』も見てないわ」

　ということは、二時前にはキゼツしていた。延々二時間半以上、爆睡している。

　楓子さんの右頰に、猫じゃらしの棒の痕がくっきり十五センチほどついている。おそらくシンプキンが遊んでもらいたくてくわえて持ってきたのだろうが、その棒の上に楓子さんが、顔を置いてしまい、痕がついてしまった。楓子さんが男だったら、そのスジのコワイお兄さんだ。大安なのに、こんな大変なことになっている。

「あの、楓子さん、なにか召し上がった方が、よろしいですよね？　おなか、すきましたよね？」

　今日も吉井くんは、差し入れをたくさん持ってきている。

　まい泉のやわらかいヒレかつサンド、人形町今半の黒毛和牛たっぷり特選すき焼コロッケ、ドンクの焼きたてかりかりバゲット、チーズは熟成オランダのゴーダ、維新號の肉まん、そしてクリスマスシーズンのホットワインといえば、ドイツのグリューワインだ。またまたアルコールなどを持ちこみ、吉井くんは懲りてない。

「楓子さん、そんな床で寝るくらいなら、ほんのちょっと移動してこっちのソファで寝たらいいのに。絨毯の上で倒れていたら、びっくりしますよ」

　吉井くんは、まだ若い。

「吉井くん、あのね、ここからソファまで、たった三メートルなんだけど、私くらいの年になると、異常な睡魔は突然やってくるのよ。そうなるとその三メートル先のソファまで行くのが、エベレスト登頂くらい大変なことになってしまうの。吉井くんだって、先月うちに来た時、ワインを飲みすぎて、椅子から滑り落ちて、そのまま絨毯の上で寝てたじゃない。それと同じよ」

「ああ……あの時は本当にすみませんでした。だって楓子さんが、どんどんグラスに注いでくるから……僕、途中からプッッと意識がなくなったっていうか……。ま、とにかく、疲れは突然やってくるんですね。わかりました。まず維新號の肉まん、蒸かしましょうか？　あれ、時間がかかるから、早めに蒸さないと……楓子さん、またひもじくて倒れちゃうと困るし、肉まんをチンするのって嫌いですしね……（チンだと早いんだけど……）」

　大手出版社に勤める吉井くんは、ぐだぐだ言い訳するのを良しとしない。人を責めることもない。ゆえにその打開策として、すぐに明るい話題に移行するテクニックに長けている。楓子さんには、おいしい食品の話題を振るのが効果てきめんだ。

楓子さんはいつのまにか、クマのぬいぐるみを手にしていて、それをかかげて吉井くんに見せると、「アリガトウ」とハイトーン・ボイスで言った。自分の口は動かさないで、クマに言わせた形になっていた。

「吉井くん、やはり、セイロでちゃんと蒸すと、おいしいわ……。私、今、脳に栄養がグングンいってるのがわかるわ。お肉っていいわ……」

楓子さんは、維新號の肉まんをフォークとナイフで切り分け、からしをといた酢醤油にちょこっとつけて食べている。ここの肉まんは絶品なのだが、中の肉部分がつるんとした肉団子状態で、皮と完全に分離しているので、ヘタすると肉団子部分だけ飛び出す恐れがあり、楓子さんはフォークとナイフを使っている。

「私、ここのところ買い出しに行ってないから、庭の野菜やら自分で焼いたパンやらを食べて、にわかビーガンみたいになってたから、タンパク質が足りなくて、ちょっと栄養失調だったわ。維新號にはもう足を向けて寝られないわね」

「外出もせず、執筆に集中してくださっているということで、恐縮です」

吉井くんも、カトラリーを使い、ほかほかの肉まんを食べている。パッと見上品な二人だ。吉井くんの膝にはシンプキンが座っていて、三段重ねケーキ・スタンドの二段目にのせたゴーダ・チーズを一切れくれくれ、と何度も手を伸ばしては、ひっこめさせられている。

「吉井くん、私、ちょっと考えたんだけど……」

「ええ、なんでしょう、おっしゃってください。『新宿魔法陣妖獣伝』の案ですね？ 行き詰まってるようでしたら、一緒に考えましょう」

吉井くんは紳士だ。この人くらいしか、楓子さんの相手は務まらない。

「私、高校の時、身長がすでに百六十八センチあったの。大昔でしょ？ その頃の百六十八センチの高校生っていったら、大女だったの。周りに私くらい背が高い女子っていなかったわ。町を歩くと、みんながデカイ女だって、私のことを見てた気がして、すごいコンプレックスだったわ。でも、今じゃ百六十八センチどころか、百七十センチ以上の女の子がうじゃうじゃいて、みんな胸はって歩いてて、カッコイイのよね？ 私も、胸はって歩けばよかったなって、思って」

　これはどうも原稿の話ではないな、と吉井くんはうっすら気がついた。

「私、その高校時代、『逆シークレット・ブーツ』というのを発明しようと、本気で思ったの」

「逆……ですか……？」

「ええ、シークレット・ブーツっていうのは、背の低い男性が、ものすごく靴底をあげて背を高く見せるものだけど、それの逆なの。一歩一歩あるくたびに靴底にこっそりつけた電動ドリルが地面を掘って、背を低く見せる仕掛けよ」

　この瞬間、吉井くんは、楓子さんの原稿が全く進んでないことを察知した。

　順調でない時、楓子さんは、原稿とほとんど関係ない話を延々と展開する。

「地面を掘るために、靴底に電動ドリルをつけるまではいいんだけど、地面を踏みしめるたび、ドリルがアスファルトを砕く爆音がするわけよ。しかもヘタすると、この電動ドリルもどうしたって結構な大きさになるから、逆にかかと部分が大きくなって背を高く見せてしまうのが、最大のネックよ。で、この逆シークレット・ブーツの発明は断念したわ」

　楓子さんは深くため息をついた。かなり追い込まれているようだ。

「電動ドリルの小型化と消音の技術があったら、私絶対、小さくなれたと思うわ」

楓子さんは、逆シークレット・ブーツ構想から離れられない。

「発想はいいですけど、アスファルトを壊して歩くと、捕まっちゃいますからね……あの、グリューワインでも飲みますか？　温めてきますよ」

グリューワインとは、赤ワインにオレンジピールやシナモン、クローブなどのスパイスを入れた甘いワインである。寒いヨーロッパの冬、温めて飲むこのワインは屋外で大人気だ。

「西ドイツのニュルンベルクのクリスマス・マーケットを思い出すわ……。母とその屋台でグリューワインをいただいたの。赤いブーツの形をした陶器のマグカップに入れてもらって、おいしかったわ。そのカップ、まだ持ってるのよ。あのニュルンベルクの夜、小雪が舞ってて、クリスマス・イルミネーションが綺麗で……。ついこの間みたいだけど、もう何十年も昔のことなのよね……」

話はニュルンベルクまで飛んでいた。新宿までは当分戻れなそうだ。

その時、玄関の扉が荒々しく開く音がして、サロンに飛び込んできたのは、亜蘭編集長だった。
「ええっ！　楓子さん、なんだよ、元気じゃないかっ……吉井、お前に電話しても
まったくつながらないから、俺、タクシー飛ばしてきちゃっただろっ！」
吉井くんは、しまった！　とばかりに、鞄の中に手をつっこんで、あわててスマホ
を見る。
「あ、編集長の着信だらけだ。すみません……僕、マナーモードにしてましたっ」
食事を大切にする楓子さんは、食べている時、電話に邪魔されることをすごく嫌う。
せっかくの料理に失礼、だそうだ。
でも、昼ご飯を食べながら、テレビのワイドショーを見るのはいいらしい。
「俺、楓子さんちの黒電話にも電話したんだよ」
「えっと、うちの電話、二階の離れにあるから、聞こえなくて……。聞こえてても、
走って受話器を取りに行く間に、たいてい切れてるし」
つまり、電話に出る気はないらしい。
「楓子さん、この屋敷に電話、もっと増やそうよ。親子電話とか、留守電もつけよう
よ。スマホも持とうよ。うちの会社、そのくらい買えるだけの印税払ってるよね？」

その印税は毎年、かなりの部分が春先、固定資産税にもっていかれる。

東京のお屋敷町の世田谷に何百坪もの家を持っていたら、あたりまえだ。

「あの、編集長、知ってます？　大地震になって停電しても、黒電話って、通じるんですよ」

「あのね、楓子さん、黒電話だけ通じても、日本中スマホも家電も使えなくなってるから、あなたどっちみち、誰とも連絡できなくて難儀するよ。それとも、黒電話友達とかいるの？」

この瞬間、編集長のパワハラ、モラハラ発言が炸裂した。

「大丈夫ですっ、楓子さんっ、うちの四国のおばあちゃん、今でも黒電話ですっ。なんでしたら、うちのおばあちゃん紹介しますよっ、なんかあって、どこも通じない場合は、うちのおばあちゃんに連絡してくださいっ」

吉井くんは、全力で楓子さんを守った。

険悪なムードになった二人対一人は、しばしマホガニーの円テーブルをかこみ、黙々と食事を進めていった。弾む会話などない。シンプキンでさえ、もうチーズをねだらない（そのかわり、吉井くんの肉まんの皮を少しもらっていた）。

そんな中、最初の沈黙を破ったのは、亜蘭編集長だった。

「そうそう、この間の『新宿魔法陣妖獣伝』の映画化はダメだったけど、なんと今、『妖獣伝』をコミックスの原作に使わせてもらいたい、っていう話がきているんだよ!!　俺、それでさっき吉井に電話したんだ！」

こんなすごい話を忘れていたとは、楓子さんがブッ倒れたことが、編集長なりにショックだったとわかる。

「それ、すごいですね、快挙じゃないですか！　で、どちらの漫画家さんが、楓子さんの『妖獣伝』を原作に使いたいのですか？」

吉井くんもやっと元気を取り戻す。

「聞いて驚くなよ、なんと集講社(しゅうこうしゃ)『週刊少年ボンバー』の看板作家・岬(みさき)ヨージ先生だよ。うちの翔岳館『週刊ブッタマゲ』で、『妖獣伝』が原作なら、連載描いてくれるっていうんだ。すごくないか？　あの『バトルキング』の単行本、累計発行部数六千三百万部突破の岬ヨージだよ。『妖獣伝』がコミックスでヒットしたら、原作者の楓子さん、濡れ手に粟だよ。何もしないで印税どかんどかんだよ。スマホなんて十台くらいもてるよ。ヘタすると映画化より、もうかるかもだよ」

楓子さんはイマイチぴんときてない。

「えっと、あの……そんなに荒稼ぎできるなら『ウサクマちゃんの冒険』第二弾……っていうのは、ダメですか?」

楓子さんは、絵本作家の夢を捨てきれない。

「あのね、楓子さん、『ウソクマちゃん』は、老後の楽しみにとっておいたらどうなの? 『妖獣伝』は、今のまだ元気な楓子さんにしか書けないよ」

「『ウサクマ』です」

「そうそう、『ウサクマちゃん』ね」

「編集長、私もう充分老後です。森野家の血筋は男性はみな長生きですが、女性はほとんど五十代そこそこで亡くなっちゃうんです。私、今や完全に棺桶に両足つっこんでます」

楓子さんは真顔で言った。

「大丈夫だよ、楓子さんの仕事ぶりみても、あなた女じゃないよ。大河ショー和だよ、完全に男だよ、しかもかなり男気あふれるいい男だよ。あなた、百二十歳まで間違いなく生きるよ、ヘタすると吉井より長生きだよ。それ、俺が保証するよ」

「いえ、保証はいいので、どうか『ウサクマちゃん』の第二弾を……お願いします」

「うーん、じゃあ、とりあえず岬ヨージ先生の原作の話が決まって、その売れ行き次第かな……」

楓子さんは、目をまん丸くして、ソファに置いてあったクマのヌイグルミを手に取ると、それを編集長にかかげ、

「ヤッター、ウレシー、ボク、ヒサシブリニ、ボウケンノ、タビニ、デルヨ〜〜」

と、クマに言わせていた。

編集長は意地でもクマを見ないし、完全に聞き流している。

「では、とりあえず、来週月曜日、岬先生のところに行って、挨拶してきてくれる？　代官山の豪邸だよ。失礼のないようにね」

編集長の方が、よっぽど失礼だ。

「あの、それって例のごとく、覆面作家で行くんですか？　僕がタイガーショーで、楓子さんが担当編集っていうあれ……？」

「だって吉井、すごい衣装買ってただろう？　あれ、何度も何度も使おうよ。そうだ、衣装とか靴、アクセサリーの領収書あったら、経理に出しといてね」

「えっ、編集長、映画化がダメだったら払わないって言ってたから、僕、領収書全部捨てましたよっ！」

吉井くんはいっきに涙目だ。

楓子さんは、吉井くんの涙を初めて見た気がした。

「なんで捨てちゃうの！　払うのに！　うち、そんなブラック企業じゃないよ」

編集長はあきれてしまう。

「だって楓子さんが、お財布の中にレシートをためると金運が下がるって言うから。使うカードの数も最少の枚数にしとけって……お守りも、財布に入れるなって。神様に失礼だからって……」

吉井くんが初めて楓子さんを責めた。

「だって、昼のワイドショーで、風水師のミスター・コッペが言ってたんですよぉ、レシートを財布に入れっぱなしにするなって……」

楓子さんは、風水師のせいにする。

「吉井くん、大丈夫よ、元気出して！　領収書をなくしたことで、あなたがこれから被る予定だった災厄が抹消されたと思って？　本当だったら、命を落としそうな事故や事件に巻き込まれていたかもしれないけど、タイガーショーの衣装代が、あなたの命を救ったのよ。確かこれって、美輪さんの言ってた『正負の法則』よ。悪いことがあれば、次、いいことがある。これからはもう、いいことしかないから。さ、飲みましょう。よかったらヴーヴクリコ、開けるわ。おつまみもたくさん用意しまーす。花金ですから～～」

地下のワインセラーにシャンパンを取りに行く、楓子さんだった。

「吉井……お前いつもこんな感じで、楓子さんと打ち合わせをしているのか？」

亜蘭編集長は初めて部下を心配していた。

夏の間に庭でとれたキュウリのピクルス、ドライトマトのペペロンチーノ、柚子味噌をつけたエシャロット、サツマイモのスティックフライ、バターレタスとホウレンソウのサラダを一瞬で作ると、楓子さんは笑顔で戻ってきた。

＊

週が明けて、月曜日。

タクシーに乗り込んだ楓子さんと、吉井くんが、代官山を走っている。

昔ここはお屋敷町だったが、今は、若者が好むお店が立ち並ぶポップでお洒落な街に生まれ変わっていた。

「あっ、『シェ・リュイ』よ。帰りにケーキ、買って帰りたいわ。ガトーショコラとモンブランがいいなあ。吉井くんは何がいい？」

「僕もモンブランがいいです」

「夕方になると売り切れてるかもしれないから、今買っておく？　ここのは人気だから、すぐなくなっちゃうわよ」

「あれ？　でも楓子さん、今日、ケーキ焼いて持ってきてませんでした？　自分用にも焼いて、家にありますよね？」

こう見えて、楓子さんはお菓子作りがうまい。料理もうまい。いつもいつも吉井くんの差し入れを待っているだけの人ではない。

「今日持ってきたのは、イギリス風のクリスマスケーキなの。ドライフルーツとナッツがぎっしりで、ブランデーもきかせてみたわ。もう何日も寝かせているから、かなり味が染みているわよ。でも今日、岬先生やアシスタントさんたちが甘党ってカンジじゃなかったら、引っ込めようと思って。そしたら吉井くん、持って帰ってね」

「えっ、持って帰っていいんですか？　僕、去年、それ一本丸ごと頂いて、編集部でご馳走になりましたよ！　すっごくおいしかったです！　評判よかったです！」

「じゃあそれ、初めから吉井くんにあげるわ。やっぱり、知らない人に手作りのケーキって、なかなか渡しにくいわよね……」

「え――っ、それじゃ僕がねだったみたいじゃないですか！　それは悪いですよ」

「悪くないわよ。いずれにせよ別の日に、吉井くん用のクリスマスケーキは焼こうと思っていたから」

「いいんですかあ！　ヤッター！　僕、運気爆裂上昇中だ！　これって財布の中を常に綺麗にして、レシートとかためないからですね！」

吉井くん、うっすらと楓子さんにわだかまりを伝えている。

大枚叩(はた)いてタイガーショーになりきった吉井くんは、今日も黒革の上下、黒のウェスタンブーツ、レイバンのサングラス、クロムハーツの指輪をじゃらじゃら身につけてきた。

先月まではぎりぎり、革ジャンの下は素肌でオッケーだったが、師走の今はさすがに革がひんやり冷たく、中にユニクロの極暖ヒートテックを着ている。金の喜平のネックレスも健在だ。髪もリーゼントに整えている。

「しかし、代官山に仕事場があるって、さすが岬ヨージ先生ですよね」

唯一、前回使ったダイヤのピアスは、金属が合わなかったのか、左の耳たぶの穴が膿んで、やめてしまった。

それは労災なのか、会社に医療費を請求してもいいのか、吉井くんは今、悩んでいる。なぜ耳たぶが膿んだのか、説明するのが長くなりそうでいやなのだ。

「どんな先生でしょうね？　タイガーショーの原作を指名してきたってことは、たぶん楓子さんの熱烈なファンですから、話が盛り上がりそうですね」

しかし話が盛り上がったら、ケーキ屋さんに行く時間がなくなるのでは、と、楓子さんは憂慮した。だけど、原作の話が決まれば、濡れ手に粟だ。『ウサクマちゃん』の続きが二弾、三弾と出るのも夢じゃない。となると今はシェ・リュイより、岬先生とのトークの盛り上がりに人生をかけるしかない。

吉井くんは、手土産にヘネシーのボトルを携えてきた。岬ヨージがブランデー好きだと、ネットに書かれていたからだ。

「えっ！　ここ電電公社の社宅だったのに、すごい立派な本屋さんになってる！」

楓子さんは、元NTTの社宅が、蔦屋（つたや）書店さんがメインとなるお洒落なショッピングモールになっているのに、びっくりしていた。

「しばらくぶりに来たら、こんなに変わっている……」

「代官山はよくいらしたんですか？」

「……ここ大使館がたくさんあるから、両親とよくお呼ばれで……」

そうだった。楓子さんの父親は外務省の優秀な外交官で、イギリス、フランス、アメリカの領事や大使を歴任してきた人だった。一緒に世界を回ってきたのだが、吉井くんは『新宿魔法陣妖獣伝』の作者としての顔しか知らないので、時々、楓子さんが生粋のお嬢様だったことを忘れてしまう。

タクシーは引き続き、変わりゆく街を走っていく。

「あっ、あそこですね、白亜の豪邸って言ってたから」

吉井くんが指さした先に、まだ真新しい三階建てのモダンな家が見えてきた。

「二階に円窓がついているわ……お船みたい……三階にはバルコニー……素敵……」

タクシーを降りると、楓子さんは建物全体を見あげ、うっとりしていた。

一方、吉井くんはドキドキしながら、インターホンを押した。

「あの……翔岳館の大河です」

と、言ったところで、白い大きな車用フェンスが、自動で左右に大きく開いた。

「お～、すごい……勝手に開いた……。これって、タクシーで玄関まで入れってことだったのかな」

吉井くんはどぎまぎしながら、お屋敷に一歩足を踏み入れる。

敷地内はすべてセメントで塗り固められていて、植木、植栽等はほとんどない。

二人は車の通る道をゆうゆうと歩いていく。

「こういう庭って、落ち葉がないから、掃除が楽よね」

「でも、僕、楓子さんちの畑、好きですよ。サツマイモとかエシャロットとか、小松菜なんかも味が濃くて、ドライトマトなんて絶品です……もちろん、畑仕事は大変で、僕なんて、ごちそうになるだけですけど……」

「吉井くん、あなた、もうタイガーショーだからね、『僕』とかだめよ。自分のことは『ジブン』、あるいは『俺』、あるいは『私』。あと、タイガーショーはサツマイモは食べないから」

「あああ……そうでした……じゃあ、ジブン、今日は頑張ります」

「それから、こういう家はね、あちこちに防犯カメラがついてるの。家の中にもついてるかもね。会話だって聞けるタイプの防犯装置かもしれないから、もう、この先はずっと、誰が見ていようが見ていまいが、タイガーショーと担当編集者の会話にして気を引き締めていきましょうね」

楓子さんは、ぬかりがなかった。すべては『ウサクマちゃん』第二弾のためだ。

そして、今日もグレイの地味なシャネルのスーツを着ている。シャネルと言われなければ、誰もシャネルだと気づかないシャネルのスーツだ。楓子さんがこのスーツを着ると、これ以上ないほど影が薄く見える。長い髪もお団子にして、後ろですっきりまとめている。完全に気配を消していた。

玄関にたどり着くと、上半分がすりガラスになっているドアの向こうに人影が見え、二人は姿勢をただした。

ゆっくりと扉が開く。

「いらっしゃいませ。翔岳館さんですね？　私、岬ヨージの第三秘書をしております、佐原と申します」

まだ二十代前半の美人で、背は低いけれどもスタイル抜群のお嬢さんが現れた。肩までの淡い茶色の髪は、ゆるくウェーブがかかっている。

「初めまして、私、大河ショー和と申します」

「お邪魔します。翔岳館『ナイト・ハンター・ノベルス』の編集、森野楓子です」

楓子さんと吉井くんは、それぞれダミーの名刺を渡した。

広い玄関の向こうに、若い男性や女性の姿が見える。何やらピリピリした空気が広がっている。

「あいにく岬は今まだ、週刊雑誌の原稿を書いておりまして、もう少しお待ちいただけますか？」

第三秘書という言葉に、楓子さんも吉井くんも、びっくりしていた。

第三ということは、第一と第二がいるということだ。

「待合室へご案内しますね。どうぞこちらへ」

第三秘書さんの後について通された部屋は、二十畳ほどあって、壁も真っ白、ソファも真っ白。ガラスのテーブルに、大きなガラス窓。外にはプールが見える。ここはまでエーゲ海だ。驚くことはまだある。待合室の隅にバーがあり、別のお嬢さんがカウンターの中に入っていた。その彼女の背後には、ブランデーはもちろん、ウィスキー、赤ワインが飾られている。

「あっ、しまった……僕……いや、私が買ってきたヘネシーより数倍いいヘネシーが棚にごろごろある……」

タイガーショーが、楓子さんに耳打ちした。

「大丈夫ですよ。大河先生が選ばれたヘネシー、あれもとてもおいしいですよ。何の問題もないです」

楓子さんはにっこり笑って言った。余裕の笑みだ。

「あの、大河先生、おつきの担当様、何かお召し上がりになりませんか？　おそらく、今日も、ものすごくお待たせすることになるかと思います……本当にすみません」

バーテンダーよろしく、カウンターのお嬢さんは、飲み物を勧めてくれる。

このお嬢さんも背が低く、けれどスタイルは抜群だった。膝が見える赤い革のスカートで、髪はショート。左に銀の月、右に星のピアスをつけていて、とても可愛い。二十代前半だ。

「あ、じゃあ私、レミー……」

マルタン、と楓子さんが言いそうになったところで、

「お嬢さん、では、私とうちの担当のお嬢さんに、ペリエをいただけるかな？」

タイガーショーは、楓子さんが狙っていた最高級ブランデー『レミーマルタン』を強制却下すると、フランスの天然炭酸ミネラルウォーターのペリエをお願いした。

楓子さんは、タイガーショーの右手を開くと、

――な・ん・で・水！――と、指で書いた。

タイガーショーはスマホを取り出し、アプリでメモを開くと、

『楓子さんが酔わないのは知ってます
でも頭をクリアにしておかないと戦えないですよ
相手は海千山千の大御所です
あちらの言われるままに原作を使用して頂きたくないのです』

と、書いた。

「ふーん」

楓子さんは鼻から息を出している。

「お待たせしました」

バーテンダー、いえ、女性なのでバーメイドのお嬢さんが、二人にペリエを持ってきてくれた。バカラのグラスには繊細なエッチングが施されている。

おつまみのクッキーが、ウェッジウッドの小皿にのっていた。

「ありがとうございます。あっ、これ、どうしよう『村上開新堂』のクッキーだわ。紹介制の会員しか買えないの。ああ……十年以上ぶりだわ……私、このちっちゃい抹茶のメレンゲが大好きなの……ロースト・アーモンドもあるのね。ああ……ビスキュイ&ベリージャム、なんてかわいいの……。もったいなくて食べられないわ。村上さん、おひさしぶりです……楓子です……お元気でしたか？」

楓子さんは、最後は小声で村上開新堂に挨拶をしていた。クマのぬいぐるみがあったら、たぶんクマに言わせていただろう。

「楓子さん、大丈夫です、いただきましょう？　翔岳館の上の方に、ここの会員の人、必ずいると思います。いつか、お持ちしますから！」

「写メっといて」

「はい」

タイガーショーが、スマホで村上開新堂のクッキーを激写した。

そして、一時間……外はもうとっぷりと日が暮れていた。

待合室の外は常にがやがやしている。若い男女が大勢、行ったりきたりしている。

みんなアシスタントさんのようだ。

「漫画家さんは、アシスタントさんがいないと描けないから、大変よね。私はまったく一人でやってるから、経済的よ……」

楓子さんが言った。気が緩んで、すっかり自分がタイガーショーになっている。

「しっ、楓子さん！　ってゆーか、俺も特にアシスタントは必要ないから……すべて、一人で書いてるぜ。孤独な商売だよ、ベイベー」

タイガーショーが、慌てて大声で言い直した。

「うん、うん、で、ですよねー、先生」

楓子さんが、担当に戻った。楓子さんの緊張感は、長く続かないのが欠点だ。

その時、待合室に楓子さんくらいの年齢の女性が姿を現した。

「あの、どうも、お待たせしてしまって、申し訳ございません。私、岬の家内でございます」

ミキモトの真珠のネックレスにこれぞシャネルというような、淡いピンクの襟なしツイードの上下を着ている。素敵なマダムだ。いい匂いがする。

小柄で上品な人だ。左の薬指には大きなダイヤの指輪をしている。

「初めまして、翔岳館の大河ショー和と申します。素敵なお住まいですね。まだ、建てたばかりみたいですね？」

吉井くんがたずねた。

「こちらは仕事場ですの。新しいように見えて、もう三年にはなりますのよ。私は、めったにこちらへは参りませんが、今日はたまたま代官山で、お友達と会食していたもので、ちょっと寄ってみたんです」

エステなども頻繁に行くのだろう、肌がつやつやだ。爪もスワロフスキーを埋め込んだ美しいネイルアートが施されている。けれど、五十歳以上というのは、わかる。声のトーン、目のまわりの疲れ、手や首のしわは隠せない。

「ご自宅はこのお近くなんですか？」

楓子さんが聞いた。

「いえ、自宅は横浜の元町なんですよ」

東急東横線でどんなにタイミングよく急行に乗れたとしても、代官山から元町・中華街駅まで四十分はかかる。

駅まで歩く時間を入れれば、軽く一時間以上かかるだろう。

「私、元町って大好きです。中華街もあるし、港の見える丘公園もあるし、異国情緒にあふれてますよね」

楓子さんは、本当に横浜が好きだった。いつか横浜から世界一周の船旅をするのが夢だった。世田谷の家の敷地を十分の一くらい売れば、たぶん楽勝でファースト・クラスで世界一周の船旅ができる。いや、三周くらいまわれる。もっとかもしれない。けれど楓子さんは、庭の木の一本一本にまで思い入れがあって、とても切り売りできない。切り売りするのは、身を切られる辛さだ。

「ああ、ですから、こちらのお宅はお船みたいなんですね。岬先生は、海がお好きなんですね?」

楓子さんが言うと、「そうなんですよ」と、奥様は笑顔でうなずいた。

「あの、では、まだまだお待たせしてしまうと思いますが、こちらにテレビもございますので、ご覧になっていてください」

奥様は、リモコンを握ると、壁に向かってスイッチを入れた。

すると、ミニシアターみたいに大きいスクリーンが、BBC放送を映し出した。

「うわっ、おっきいテレビ。えっ、すごい鮮明。キャスターのお姉さんの顔のシミからシワまではっきり映ってる！　えっ、っていうか、家で海外のニュースが見られるの？　さすが岬先生ね！」

家でぼわんぼわんに映るブラウン管テレビを見ている楓子さんにとっては、衝撃の鮮明さだった。

「楓子さんも、ケーブルをひいて、デジタルテレビを買えば、海外の放送が見られますよ。値段もそんな高くないっていつも言ってるじゃないですか」

吉井くんは、リモコンで日テレ地上波の『ミヤネ屋』に番組を切り替えると、

「え〜っ、なにこれ！　この人が、もしかして宮根誠司さん？　うちの宮根誠司さんとゼンゼン違うわっ！」

「ですから、ケーブルひきましょうよ。ケーブルひけば、海外のミステリー番組とかも、見放題ですよ。イギリスのミステリー番組とか、お好きですよね？　工事簡単ですから」

あまりにも待ち時間が長く、タイガーショーと楓子さんは、今、どうでもいい話題に花を咲かせている。

「でも……私がそんなことしたら……今のあのブラウン管テレビはきっと、壊れてしまうわ……」

そう言う楓子さんの顔がコワイ。

「壊れませんよ、二つ置いておけばいいじゃないですか。あのサロン、広いんだから」

「吉井くん、あなた知らないのよ。私はね、ヘンな力があって、例えば量販店かどこかで、素敵な冷蔵庫を見て、ああ、次はこういうのが欲しいなあって、思っただけで、家に帰ると、今ある冷蔵庫が壊れてたりするんだからね。洗濯機もそうよ。お呼ばれに行った先の家の超ハイテクの洗濯機を見て、これ便利そうね、って言って家帰ったら、次の日にはもううちのは、うんともすんとも言わなくなってるんだから。そうそう、CDプレイヤーを買ったらその晩、長年愛用していたレコード・プレイヤーから、煙が出たからね」

「ちがいます、逆です、楓子さん！　楓子さんは、自分の家の電化製品の寿命を知っ

ているんです。知ってるから、潜在意識のどこかで、そろそろ次のを買わないと、と
思っていたところ、古い家電が壊れただけです。あなた、ある意味、エスパーです。
あなたが先取りしてるんです！」
「いずれにせよ、私、あのブラウン管テレビにはまだ働いていてほしいの。もう三(みつ)・
菱男(びしお)くんは、家族の一員なのっ。今日、家に帰って菱男(びしお)が壊れてたら、吉井くん、一
生恨むからね……」
楓子さんは涙ぐんでいる。
「楓子さん……ジブン、大河です……」
吉井くんが言うと、楓子さんがアッと口を押さえた。
二人は今、気が緩みに緩んでいる。この部屋には音声も録(と)れる防犯カメラが設置さ
れているんじゃなかったのか？
「大河先生……私、ちょっと、洗面所拝借してきます。少し歩かないと、体がかた
まっちゃうので……」
楓子さんは、気分転換をしようと、「よっこいしょ」と立ち上がった。
ちなみに三(みつ)・菱男(びしお)とは、楓子さんが自宅で大切にしている、三菱の三十七インチ・

ブラウン管カラーテレビのことである。

愛憎のアトリエ

「螺旋(らせん)階段に円窓ってお洒落だわ。本当になんか、お船に乗っているみたい。上へ行くと甲板かしら。海風に吹かれながらソルティドッグなんて飲んでみたいわー。バブルの頃、よく飲んだわー」

一階の洗面所を探す予定が、お気楽な楓子さんは勝手に二階へと上がってゆく。

窓の外にエーゲ海はなく、普通の代官山の住宅がひしめいている。

「はあっ？　ふざけんな、なんだこの構図は？　ぜんぜん臨場感出てねえだろっ？お前、いったい何年アシスタントをやってるんだよ！　もう、やめちまえっ！」

いきなり怒鳴り声が聞こえてきた。そして、何かをビリビリ破る音。

びっくりした楓子さんは、階段の踊り場で、座り込んでしまった。

「こんな調子じゃ、来週の『ボンバー』のアンケート、また順位下げるぞ。もっと気合入れて描けよっ！　連載、打ち切りになるぞっ！」

「僕はもう、これ以上のものは描けませんっ、無理ですっ。いったい何回描き直せばいいんですかっ」

若い男性の声。

「偉そうなこと言うなっ。描かせてもらえて、ありがたく思え。お前なんて、他じゃ誰も使ってくれねえよ！　給料もらって、勉強させてもらって、いいご身分だな」

『ボンバー』とは、集講社の『週刊少年ボンバー』のことだ。

アンケートとは、漫画雑誌にとじ込みハガキ形式になっていて、今週はどの作品が面白かったか、などという感想をつのる、いわゆるレーティングが目的のアンケートだ。アンケートに答えると、雑誌関連のグッズがもらえたりするので、読者はこぞって、ハガキを出す。漫画家にとっては成績表のようなものなので、結果を考えると胃が痛くなる。

岬ヨージは今、『週刊少年ボンバー』で、『ファイティング・デーモン』という話を描いている。累計発行部数六千三百万部を突破した『バトルキング』の連載を三年前に終え、それ以降は、別のシリーズをあれこれ描いてきた。この『ファイティング・デーモン』は三か月ほど前に始めた連載だ。人類が滅亡し、今や異世界から来た悪魔がはびこる地球で、悪魔大戦が始まっているらしい。

「全部描き直せっ!」

楓子さんはさらに半階下の踊り場まで移動し、身を隠した。

その時、廊下に人が出てくる音がした。岬ヨージだ。また、それを追う、別の足音もする。

「あの、先生、奥様がいらしてます。三階です」

若い女性の声だ。秘書さんのようだ。

「はあ? あのババア、こんな時に何しに来やがった? チェッ!」

あの上品で美しい奥様がババアだったら、自分は地底で腐って悪臭を放ち続けるゾンビクソババアだと楓子さんは思った。

岬ヨージがスリッパをパタパタさせながら、三階へ上がってゆく。

楓子さんは、あたりに人がいないのを確認して、そっと岬のあとをついていった。

本当に悪い癖なのだが、こういう時、楓子さんはどうしても好奇心を抑えられなくなる。

この家は船の形をしているので、最上階の三階は床面積も少なく、部屋数はたったの三つだ。そしてこの階の廊下にだけ、毛足の長いクリーム色の絨毯が敷き詰められている。多分、岬ヨージのプライベート・スペースだろう。

岬はノックをしてから、一番奥の部屋に入って行った。

その白い扉には、木製の舵がかけてある。ここがこの家の心臓部、操舵室のようなものなのかしら？　と楓子さんは、勝手に想像した。

楓子さんは、その扉に自分の耳を押しつけた。

「礼子さん、いらっしゃい、仕事場まで来るなんて、珍しいね」

岬ヨージの声だ。

「大学時代のお友達とお昼を食べていたのよ。毎年恒例の忘年会で」

「そっかそっか、女子大のお友達だね。そりゃあよかった。楽しかったかい？」

いたって和やか、かつ仲のいいご夫婦の会話だ。先ほどババアと言ったのは、日本男児にありがちな、ただの照れからだろう。楓子さんはホッとした。

「それよりあなた、お体は大丈夫？　なんだかとってもお疲れのように見えるわ。ご無理なさらないでね……」

「なあに、平気だよ、いつものことだから」

「さっき、アシスタントさんたちに、柿の葉寿司を差し入れておいたわ。よかったらあなたも、召し上がってくださいね」

「そりゃすまないね。あれは俺の大好物だ。それより礼子さん、後で時間ができたら、一緒においしい中華でも食べに行こうか。駅の近くに新しい店ができたんだよ」

「そんな、とんでもない、お忙しいのに。私のことは気にしないで。私が勝手に寄っただけだから。後でタクシーを呼んで帰るわね。あなたはまだ当分、こちらに詰めているのでしょう?」

「うん……そうだな……まだ帰れそうもないな……。年末進行で、かなり先の号まで描いておかないと、間に合わないんだ」

ご夫婦は、どうやら別居のようだ。週刊誌で漫画を描いていたら、そりゃ、なかなか自宅へは帰れないかもしれない。しかし、それだったらどうして初めから横浜元町の近くに仕事場を作らなかったのだろう、と楓子さんは不思議に思った。

しかし、互いを気遣うご夫婦の会話を立ち聞きなんかして、楓子さんはかなり後ろめたくなった。

「だって……待ち時間が長すぎるんだもの……。きっともうシェ・リュイのモンブランは売り切れてるわ……行きがけに買っておけばよかった……あ、でもだめね、ここの仕事場、暖かいから、クリームが溶けちゃう……」

楓子さんは、ぶつぶつ言い訳をしながら、部屋から離れ、静かに階段を下りていく。

二階は、仕事部屋や喫茶室、喫煙室がある。どの部屋の扉も半開きで、人の気配がする。

廊下にアシスタントらしき男性が出てきたので、楓子さんは急いで一階に下りてしまった。

それから待合室に戻ると思いきや、楓子さんは待合室とは反対の方向へ歩いて行く。退屈すると、冒険の旅に出たくなるのが、楓子さんだ。そしてなんと行き止まりに、地下へ続く階段を見つけた。

「へえ、ワインセラーでもあるのかしら……って、それは、うちね、ふふ……岬先生の家だったら、きっといいワインがあるんでしょうね……」

楓子さんが薄暗い階段をのぞき込むと、いきなり上着のボタンが外れて飛んでしまった。それは勢いよく階下に転がっていく。

「あららら……」

楓子さんは、あわてて地下へ下りて行った。薄暗くて、グレイの上着と同じ布でくるんだボタンは、どこにも見つからない。年代物のシャネルなので、糸が弱っていたのかもしれない。しかし、見つけないことには、替えのボタンなど、どこにも売っていない。廊下の電気のスイッチを探すが、その場所もわからない。

「あった！」

ボタンは、階段のすぐ脇の洗面台の下に落ちていた。洗面台は三つ並んでいる。シンクについている鏡はなんだか辛気臭くて、ヘタに覗くと、顔に死相が浮かびそうで、怖くて、楓子さんは覗けなかった。

地階はスリッパを履いていても、足元からじんわり寒さがつたわってくる。そして、どこからともなく冷風が流れてくる。夏は涼しくていいかもしれない。

洗面台のとなりは、トイレ。男性用、女性用と分かれている。

天井近くの窓から、うっすらと光が入ってくる。明かり取りの窓だ。しかしもう外は暗いので、この時間はたいした明かり取りにはならない。

廊下沿いに、部屋が二つ。他の階の扉に比べると、かなり安っぽい造りだ。一見、トランクルームのようでもある。そのうちの一部屋を、楓子さんは、そーっと開けてみた。中には、パイプ製の二段ベッドが二つ。四人が寝られるようになっていた。狭い。天井も低い。息苦しい。

仕事が忙しくなると、アシスタントさんや秘書さんが、ここで寝泊まりできるようになっているのだろう。ふと、昔の船底に、奴隷の人がぎゅうぎゅう詰めにされて売られて行ったことを思い出す。奴隷って差別用語で、今、使っちゃいけない言葉かしら、と楓子さんは思った。自由をはく奪され、他人に支配されている人たちの仮眠室だと考えると、かなり気持ちが落ち込んだ。……この華麗なる岬ヨージ丸はもしかして、奴隷船かもしれない。楓子さんは、なんとも言えない闇を感じた。

と、その時いきなり、誰かが階下に下りてくる音が聞こえてきて、楓子さんは部屋から出るに出られず、急いで二段ベッドの下に潜り込み、身を隠した。

部屋に誰かが入ってきた。二人だ。電気もつけない。薄暗い部屋に、二人の息づかいが聞こえる。

「俺もう、我慢できない……」

「私もそう……もう辞めたい……」

「だけど悔しいよ……今まで描いてきたものって、ほとんどが俺の作品なのに、俺には一銭も入ってこないんだ。独立したくたって、どの出版社にも先生の息がかかっているから、先生がいる限り、俺が他社で使ってもらえることはないんだ……」

「ねえ、もうここを出よう？　ここを出て、新しい仕事を見つけよう？　ここに私たちの未来はないよ。私、もう先生にいいようにされるの、つらくて……奥様だって、私が愛人だったこと知ってるわ……絶対、わかってる……だから、今日も急に来たりして……私……怖かったわ……」

愛人……という言葉を聞き、楓子さんは二段ベッドの下で、体を硬くして息も止めた。愛人とは、楓子さんの一生で間違いなくその立場にはなりえない別世界の話だ。

「あいつ……殺してやりたい……バカにしやがって、さっき、俺の原稿を足で踏みつぶしやがったんだ……あいつ、もう自分じゃストーリーも考えられないくせにっ！」

若い男の絞り出すような声。

「あいつを殺さなきゃ、俺が漫画家として日の目を見る日は来ないんだ」

ものすごく思いつめている。

「だったらもう、あの方法しかないよ……先生、このところものすごく疲れているし、前にも締切り間際に発作を起こしたし、今だったら、誰にも不思議がられず殺すことができるよ……実行しようよ……段取りはつけられるから……だって私、ただここを辞めるなんて……悔しすぎる……」

こちらの女性も本気だ。

しかしこの二人がどの男と女なのか、楓子さんには知る由もない。というのも、ベッドの下で、少しでも動いたら音を出してしまいそうなので、彼らの足元すら見る余裕がないのだ。そうこうしているうちに、二人は小声で計画を練り、部屋を出て行ってしまった。

このままではまずい。『ウサクマちゃん』どころではない。

楓子さんは長年の運動不足がたたって、たった三十センチくらいの隙間から出てこられない。体がカッチカチなのだ。隠れる時は必死だったので、うつぶせのままずべりこんだが、いざ出る段になると、足腰がフロアにへばりついている。せっかくのシャネルのスーツを床にこすりつけて、横へ横へとスライドしながら、やっと出られた時にはもうそこに男女の姿はなかった。

ていた。

廊下に出ても、不気味なくらい、あたりはシーンと静まり返っていた。

締切り間際の発作……？　誰にも不思議がられず殺すことができると、彼らは言っていた。

楓子さんは、ホットフラッシュを起こし、額に汗をかきながら、待合室へと戻っていった。体中が熱い……。

「楓子さん、どこに行ってたんですか！　まさか、おなかこわしてないですよね。村上開新堂のクッキーを何度もお代わりするから、食べすぎかと思って」

吉井くんが心配していた。

「大河先生、何をおっしゃるの。村上開新堂のお菓子は厳選された素材を使っているから、滋養になりこそすれ、おなかをこわすなんて、ありえないんですよ」

村上開新堂ラブの楓子さんは、きっちり反論した。

「ええ……そうですよね……」

吉井くんは、楓子さんの額の汗を見て、異変を感じた。

「楓子さん、ところでスーツ、埃だらけですよ……どうしました？　えっ、ボタンまで取れてる！」

指摘を受けた楓子さんは、ジャケットやスカートに絡みついているものすごい綿埃を、慌てて払った。どうもこのグレイのシャネルは、毎度汚れる運命にある。今回は、ボタンも取れた。次はどうなるのだ？

『何かあったんですね？』

吉井くんは、スマホのメモのアプリを開くと、そこに書き込み、楓子さんに見せた。アナログな楓子さんは、メモ帳を取り出し、父方のお祖父ちゃんの形見のぶっといモンブランの万年筆を肉厚の手で握ると、

――岬夫婦は別居状態、秘書の誰かが愛人。アシスタントの男性が岬先生に恨みがあり、愛人の秘書と、地下で先生を殺す相談をしていた。

と、クセのある字で書きなぐった。

「えええええ～～～っ!!」

タイガーショーは思いきり情けない声をあげ、リーゼントの前髪を大きくゆらす。

――このこと、すぐに岬先生に話さないといけないと思うの。あなた、ここで待ってて。私、ちょっと三階まで行ってくる。

楓子さんは、また立ち上がり、待合室を出ていった。

コンコン、とあの船の舵がついたドアをノックする。

しかし、返事がない。

ドアに耳をあて、中の様子をうかがうが、何の物音もしない。

楓子さんは、そーっと扉を開いた。

思った通りそこには誰もいなかった。中は二十畳ほどの広々とした真四角の寝室で、キングサイズのベッドが中央に置いてあった。

二方向がガラス張りになっていて、かなりの開放感だ。奥にバスルームとトイレがある。高級ホテルの一室みたいだ。洗面台は大理石がふんだんに使ってある。

「あのう……先生……いらっしゃいますか……失礼いたします……」

声をかけながら、楓子さんは中に入ってゆく。

今ここに、アシスタントさんか秘書さん、あるいは岬先生本人が入ってきたら、楓子さんは完全にアウトだ。言い訳ができない。かなり怪しい人間だと思われ、原作の話もなくなるだろう。『ウサクマちゃん』も当然ナシだ。いや、ひょっとして、最悪、翔岳館に連絡され、失職するかもしれない。

楓子さんがチェックしたのは、バスルームの鏡の脇にある化粧棚だ。

棚を開いて中を見てみると、そこには髭剃りや髭剃りクリーム、軟膏、薬瓶、男性用オードトワレ、マウスウォッシュ、ヘアブラシ、錠剤のプロテインなどがある。

楓子さんは、トイレにも入ってチェックした。洒落た円窓が天井についた、素敵なお手洗いだ。トイレットペーパーも最高級品だ。二枚重ね、一・五倍巻き四ロールで千円はする。トイレマットもスワロフスキーのラインストーンがついたセレブ仕様だ。

楓子さんは、寝室に戻った。

キングサイズのベッドのほかには、二人掛けの真っ赤な革張りソファが窓際にある。壁にはアンディ・ウォーホルの絵。大きなテレビもある。テレビ台の上に、小さな卓上カレンダー。楓子さんは、カレンダーを手に取るとパラパラとめくった。

それから部屋を出て、一階の待合室へ戻る途中で、初めてお会いする秘書さんに声をかけられた。こちらもまた美人で背が低く、スタイル抜群のお嬢さんだ。体にフィットした水色のニットのワンピースを着ている。肩下まである髪は、ゆるく内巻きにカールしてある。年齢は二十代後半といったところか。

たぶん、美人で背が低く、スタイル抜群、というのが岬先生の好みなのだろう。

楓子さんは、どんなことがあっても自分は岬ヨージの毒牙にかからない空しい自信があった。逆シークレット・ブーツを完成させていてもかからないだろう。

「あの、担当様、お待たせしました。岬がお会いしたいと申しております。二階の奥の会議室へどうぞ」

「ああ、私、今、ちょっと洗面所を探しておりまして……すっかり迷子になってしまって」

楓子さんはあたふたする。

「洗面所でしたら、待合室のすぐ隣にございますよ。どうぞ、お使いください」

「まあ、すぐ隣にあったとは、私、何してるのかしら、あっちこっちうろうろしちゃって……ホント、だめね……方向音痴なんだから……」

楓子さんは苦笑いするしかない。

「それでは、うちの大河を連れて、二階にまいりますね」

楓子さんは急いで待合室に戻ると、吉井くんに声をかけた。

「大河先生、岬先生とお打ち合わせです」

もう、ここに来て、二時間以上が経っていた二階の奥の会議室は、横長で二十畳くらいの広さがある。そこに木目調の長テーブルが二台ずつ向かい合って並べてある。一つのテーブルに三つのひじ掛け椅子があり、十二人が着席できる計算だ。三方向の壁は本棚で、そこに書籍、コミックス、辞典など、ありとあらゆるものがぎっしり並んでいる。

部屋に入ると、岬ヨージがもうすでに長テーブルの真ん中に座っていた。半袖のポロシャツにチノ・パンツ、年齢は六十歳前。茶色に染めた髪はふさふさだ。年のわりにかなりお洒落だ。全体的に小柄だが、雰囲気はイタリアンだ。大物オーラがみなぎっている。

その岬ヨージの両隣に、中堅の男性アシスタントが二人、別の机に、若めのアシスタントが三人座った。

秘書のお嬢さん四名も（第四秘書までいた！）、会議室に入ってきた。

秘書さんたちは、座らないで窓際に立っている。

総勢十名対、楓子さんと吉井くん。

負ける気しかしない二人だった。

「おたくが大河さんね?」

開口一番、岬ヨージは楓子さんを見てそう言った。

これはまずい、さすが累計発行部数六千三百万を超える先生は、洞察力がすごい。

「いえ、私は翔岳館『ナイト・ハンター・ノベルス』の編集で、こちらの大河ショー和の担当をしております、森野楓子と申します」

楓子さんは、地味な服を着て気配を消せるだけ消してきたつもりが、すべて見破られているのではないかと思い、背筋が凍った。

やはりこの家には、音声も録れる防犯カメラがいたるところについているのかもしれない。

待合室で気が緩み放題緩んでいた自分の行動を、深く反省したところでもう遅い。

「どうも、初めまして、大河ショー和と申します。このたびは、私の作品『新宿魔法陣妖獣伝』を原作にお考えとのこと、大変光栄です」

吉井くんは、かなり悩んだあげく、レイバンのサングラスをはずし、低姿勢で挨拶をした。

その瞬間、アシスタントさんたちから、「おお〜」、という低い感嘆の声がもれるのを、楓子さんは聞いた。

「おたくの作品を原作に希望したのは、うちのアシスタントなんだ。俺は、おたくの本は読んだことがない」

楓子さんと吉井くんは、瞬間かたまった。

「ああ、いえ、お若い方々に読んでいただけて、ジブン、大変嬉しいです」

吉井くんはめげずに営業にはげんだ。

「おい、ユッコ、肩！」

岬が突然、秘書に向かって言った。

すると、最初に玄関で会った第三秘書の佐原さんが「はーい」と言って、とびきりの笑顔で岬の後ろに回り、その肩を揉みだす。マッサージも秘書の仕事だ。楓子さんは、ちょっと羨ましく思った。

「俺は原作つきの漫画なんて、ナンセンスだと思ってんだけど、うちのアシらに勉強させる意味で、引き受けたんだ。こいつらに全体を描かせ、俺が最後に目を入れる。すると、それは俺の作品として命を与えられる。これっておたくの小説のいい宣伝になるよ」

原稿はアシスタントに丸投げで、目だけ岬ヨージが描く。

「なるほど、素晴らしいです！　私、岬先生の『バトルキング』を全巻読みましたが、先生の絵のすごさは、目にあります。あの目がすべてを物語り、迫力を加え、全体を生き生きとさせるんです。アシスタントさんは幸せですね。すぐそばで岬先生の絵の命とも呼べる、その目の描き方を教えて頂けるんですもの」

楓子さんは白々しいことを言うのが嫌いな人だ。本当にそう思っていないと、口に出せない。

「おたくみたいな年配が『バトルキング』の全巻を読んだの？　全五十六巻だよ」

岬ヨージは、楓子さんの誉め言葉をまともには受けとっていない。猜疑心が強い。

「私が特に好きなのは、二十六巻目の『摩天楼爆破セレナーデ』の回です。百五十二ページの左下のアイアン柳田が、最後にエンパイアステートビルを見て、悔しそうに自爆していく時のあの悲哀と狂気に満ちた目がたまらないんです」

楓子さんは、一気にしゃべった。そこにまったく嘘はない。

立っていた最年長らしき秘書が、会議室の棚から『バトルキング』の二十六巻目をとりだし、その百五十二ページを開き、岬先生に渡した。この女性も背が低く、スタイル抜群だ。ただし他の三人に比べてかなり年上だ。肩すれすれのストレートの黒髪が理知的で、きちんとした茶のツイードのスーツを着ている。

「おたく、ページ数までよく覚えているな。俺ですら覚えてないのに。おい、ちょっとユッコ、肩甲骨、もっと親指で強く押して。あー、そこそこ」

佐原ユッコさんは、慣れた手つきで師匠のマッサージを続ける。

「私、書籍でもコミックスでも、感動したシーンとか言葉とかって、数字がらみでよく覚えているんです」

そうそう、そうだった。と、吉井くんは、思い出した。楓子さんは、たとえばゴディバの三段重ねの大箱があると、どの段の右からいくつ目がどういうチョコで、どんな味で、今、三段の箱の何番目のチョコがまだ残っているかを、こわいくらいに把握していた。人の電話番号とか、住所の番地とか、郵便番号、好きな俳優の誕生日、よく使う電車の時刻表などなど、数字部分へのこだわりは素晴らしい。

ただ、こういう数字に関する記憶がどれほどよくても、それが実生活にたいしてプラスにはならないし、それで何かの商売ができるわけでもないから、どうでもいい才能なのよ、と本人は言っていたが、そんなことはなかった。

今、岬ヨージの気持ちは、かなり前向きになっている——と、吉井くんは思ったが、

「じゃあ、おたくら、うちのアシスタントと話詰めたら？　俺は原稿の仕上げがあるから、これで」

と、いきなり立ち上がると、アシスタントも秘書も全員総立ちになって、岬に頭を下げた。席を離れる際、岬がユッコさんのお尻をポンとたたいた。肩もみ終了、ありがとね、ということなのか？

二時間以上待って、話は五分で終わった。しかも仕事はアシスタントに丸投げ。

楓子さんも吉井くんも、呆然とする。

「あの、岬先生！　少々お待ちを！」

楓子さんが、部屋を出ていく岬ヨージに声をかけた。

「実はうちの大河が今、スランプでまったく書けないんです！　で、もしご迷惑でなかったら、今日は先生のお仕事ぶりを、少々拝見させていただけないでしょうか！」

楓子さんは、深く頭を下げる。

「はあ？　俺の仕事なんて見ても、しょうがねえだろ？　第一、そっちは物書きだろ？　漫画家の仕事場なんて、見てどうするの？」

岬は不愉快そうに言う。

「いえ、岬先生、俺、実は、ここんとこ本当に、ちっともイキイキした文が書けなくなっているんです。先生みたいな超一流の仕事師の現場を見て、自分に活を入れたいんです！　仕事場を拝見させてください！」

これはきっと楓子さんが、ミス・メープル的に何か考えがあるのだろうと、吉井くんは加勢した。

「ぜったいに邪魔しません！　どうか、先生のお仕事の現場を見せてください！　五人もの優秀なアシスタントさんを従える先生の仕事を見せていただきたいです！　廊下から見るだけでいいですから！」

吉井くんが声を限りに頼んだ。

「先生、どうか、うちの作家に、一流の仕事のやり方を勉強させてやってください！」

楓子さんも諦めない。

「じゃあ、廊下にいてよ。うろうろされたり、しゃべったりされると気が散るから。そんで適当なところで引き上げてくれ」

面倒くさそうな顔で岬は言った。

「ありがとうございます！」

楓子さんと吉井くんは、声を揃えた。

修羅場見学

二階の仕事場は、二つの部屋の壁をとっぱらって一つにした二十畳くらいのフロアだが、岬ヨージと五人のアシスタントさんの計六台の机を置くと、そこはかなり手狭な空間になる。

二台並んだ机を向かい合わせに四台置き、それの上座と下座にまた一台ずつ机を置くと、一見、会社のような風景だ。それぞれの机の上にはパソコンのモニターがあり、その横の脇机には資料が山積みになっている。筆記具が散乱したり、描きかけの紙がそこここに散らかったりすると、すぐに秘書さんたちがやってきて、かたづけてくれる。秘書さんとは、アシスタントさんのさらにアシスタントのような仕事だ。

窓以外の壁には、天井まである本棚に、ありとあらゆるコミックスや書籍が、ぎっしり詰まっている。何らかの資料がいる時は、秘書さんが、すぐに本棚から持ってきてくれる。

上座の岬の机には、パソコンは置いてない。デジタルでの作画はアシスタントに任せている。彼本人はアナログ一辺倒だ。

楓子さんと吉井くんは、折り畳み椅子を借りて座り、廊下からこっそり、かれこれ一時間ほど、仕事場の様子をうかがっている。

岬ヨージはアシスタントさんがもってくる作画に、ずっとダメ出しをしている。一番怒られているのは、石山（いしやま）さんと呼ばれている男性。ワイシャツに、品の良い水色のセーター。痩せていて、銀縁の眼鏡をかけている。年齢はよくわからないが、三十は過ぎているだろう。彼はどんなにダメ出しされても表情を変えず、岬の怒りを受け止め、修正につとめている。

落ち着きのないアシスタントさんは、入り口付近の下座にいて、外に出たり入ったりしている。喫煙室に行きタバコを吸ったり、喫茶室でコーヒーを飲んできたり。まだ二十歳そこそこ。金髪にピアス。すでにプロデビューした漫画家さんだが、定期的な仕事はないという。岬は彼をパッキンと呼んでいる。しかし、さすがプロデビューしているだけあって、彼の作画はほとんどダメ出しがない。ただし、時間がかかる。

そのパッキンさんのすぐ右前の机にいるアシスタントさんは、ぼさぼさ髪がごま塩状態だ。そのせいでパッと見、岬ヨージより年上に見えるが、声のトーン、しゃべり方、肌ツヤから見て、おそらく三十代半ばだ。若白髪になるとは、売れっ子漫画家のアシスタントさんというのは、どれだけ大変な仕事なのだろう。彼はその髪の毛のため、ごま塩と呼ばれている。

岬のすぐ近くの席にいるアシスタントさんは、まだここへ来て一年足らずの新人だ。高校を卒業して、岬のところへ来たという。若いせいかアイディアが面白いようで、ネームを描かせてもらっている。ネームとは小説でいうプロットだ。岬は今やそのネームさえ、自分では考えないようだ。新人さんはまだ十九歳。いつもアポロキャップをかぶっているので、アポロと呼ばれていた。

ごま塩さんの前の席のアシスタントさんは、今、地下の二段ベッドで仮眠している。もうずっと徹夜が続いているので、一人ずつ、仮眠をとるようにしている。

「おい、リカ、ドリンク！」

岬が廊下に向かって言うと、すぐに秘書さんがやってきた。肩すれすれの黒髪が理知的な一番年長の彼女だ。三十代後半だろう。

小さなお盆に冷えた栄養ドリンクをのせていた。

リカさんは、そのドリンクのキャップをきゅっと開けると、岬の机に置いた。

岬はそれほど仕事はしてないのだから、栄養ドリンクは必要ないのではないだろうか、と、楓子さんは思った。

「リカ、お前、このごろ老けたな。今いったい、いくつになったんだ？」

楓子さんは、岬の暴言に一瞬気が遠くなりそうになった。

あんなに綺麗で理知的なリカさんが老けているというなら、自分は土中深くに埋められた遺骸だ。なんて審美眼の厳しい職場なのだろう。楓子さんは、絶対この職場では務まらないと思った。

「先生、ひど〜い！　私、こう見えて先月、六本木で二十代そこそこの男の子にナンパされたんですからね」

リカさんは笑顔で言い返す。大人の対応だ。

「そいつババ専だな。俺はもう絶対、若くなきゃ嫌だ」

　岬はせせら笑う。

「ねえねえ、先生。この目の入れ具合、いいですね。やっぱり仕上げは先生の目で決まりですよ。これは絶対、デジタルじゃ描けません」

　リカさんは、岬の机の上の作画をほめちぎる。もしかして、ハラワタ煮えくり返っているのかもしれないが、そんな表情は微塵も見せない。

「あたりまえだろ、お前、俺を誰だと思ってんだよ！」

　岬は持ち上げられ、まんざらでもないようすだ。男だらけの仕事場だったら、息が抜けないかもしれないが、ここでは大勢の秘書さんが、岬の仕事を快適かつ円滑に進めてくれる。

「ああ、ごま塩はやっぱ、プロだねえ。この背景、細かいねえ。今時アナログなんて、贅沢だよねえ。しかしさあ、うちがみんなデジタルになったら、ごま塩は最初にクビになるよ。そしたら、どうする？」

　これはパワハラだ。楓子さんは聞いていて、またもいやな気持ちになった。

「そんな〜。岬先生、悲しいこと言わないでくださいよ。俺、もう三十四だから、他に就職口なんて、見つけられませんよお～～」

　ごま塩は顔をゆがめ、岬にへいこらする。

「おい、アポロ、次週のネーム、できたとこまで、ちょっと見せろ」

　岬が新人に声をかけた。

　みんなが先生を持ち上げるので、機嫌は悪くなさそうだった。

「すみません、まだ、ぜんぜんいい案、うかばなくて……」

　機嫌がいいかと思ったら、いきなり怒鳴りつけていた。

「すみません、じゃねえよ、見せろって言われたら、見せるんだよっ！」

「あっ、はい、すみませんっ！」

　新人は、机の上の紙をかき集めて、岬のもとへと持っていく。

　岬は不愉快そうな顔でネームを見てゆく。一ページ、二ページ、三ページ……と、目を通したところで、新人の顔の前で、その三枚をビリッと真っ二つに破いた。

「ええ～っ」

　新人くんから、ため息がもれる。

「ええ～、じゃねえよ、こんなクソみたいな話書きやがって。お前こんなんが、面白いと思ってんのか？」

　楓子さんと吉井くんは、もう退席したくなっていた。

「先生、そんなにイライラしないでください」

　第三秘書のユッコさんが現れると、岬に意見した。お気に入りのユッコさんなら、何でも言えるのかと思ったら、

「お前、このクソ新人をかばうのか？　っていうか、お前ら二人できてんな？」

　ユッコさんはリカさんみたいに大人の切り返しができない。口をへの字に曲げ、プンと膨れる。

　別の意味で、もうこの職場は修羅場と化していた。

「はいはい、みんな、そこまで。今日中に原稿あげなきゃ、来週の『ボンバー』に穴をあけますよ！　いい加減にしてください！」

　楓子さんが階段で会った秘書さんが、手をパンパンと叩き、部屋中に行き渡るほどの声で言った。

　年齢二十代後半。体にフィットした水色のニットのワンピースを着ている彼女だ。肩下までの内巻きカールが美しい。キューティクルが光っている。

「聡美（さとみ）、お前は、漫画家になることをあきらめたやつだ。そんなやつが、えらそうに言うな！」

彼女は名を聡美さんといって、昔は漫画家さんを目指して、岬に弟子入りしてたのか。

「ねえ、先生〜、ちょっと休憩しましょう。おいしいにゅう麺作ってきました。疲れた体には、これが一番ですよ〜」

そこへ現れたのは、待合室のバーメイドのお嬢さんだった。

お盆の上に、小さめのどんぶりに入れた卵とじのにゅう麺が、部屋の人数分のっている。細かく切ったアサツキと七味唐辛子が、いい香りをまきちらす。出汁（だし）はシイタケだ。いくらでもお代わりができそうだ。

「ああ、やっぱり、俺の味方はモナちゃんだけだよ。モナちゃんサイコー！」

バーメイドのモナちゃんは、お食事担当のアシスタントさんで、ご飯、いわゆるメシを作るメシスタントとも呼ばれていた。

岬ヨージは、すぐさまにゅう麺をすすりだした。

「モナちゃんの作るメシが一番おいしいよ。ああ、俺、モナちゃんと結婚したい」

岬はすっかり機嫌がよくなっている。

アシスタントさんたちにも、にゅう麺は配られた。みんなフーフー冷ましながら、すすっている。

「みなさーん、お代わりありますので、おっしゃってくださーい」

モナちゃんのショートヘアは、実に清潔感にあふれている。

赤い革のスカートは、今、大判エプロンに覆われて見えないけれど、とってもお洒落なコだ。

「モナちゃん、今度お寿司食べに行こう？　銀座にうまい店があるんだよ」

岬は他の秘書さんたちを無視して、モナちゃんを誘う。

「先生。まず今週の原稿、あげてしまいましょう。お寿司の話は、それからですよ」

モナちゃんは岬の近くに行き、たしなめるように言った。

「でも俺、モナちゃんと今、銀座でお寿司が食べたいんだよ」

そう言いながら、岬はモナちゃんの手をぎゅっと握って甘えていた。

みんなこんな状況には慣れっこなのか、ぎょっとする人は誰もいない。

この時、別の意味でぎょっとしたのは、楓子さんと吉井くんだ。

なんと、二人の後ろに立っていたのは、家に帰ったはずの奥様だった。

般若のような顔で、仕事部屋を睨んでいた。

岬の行動も発言も、おそらくずっと見聞きしていた。

「あ……お、奥様……」

楓子さんは、思わず椅子から立ち上がってしまう。

奥様が持っていたフランス一有名な高級バッグの口が、ぱっくり開いていた。そこには四つ折りにした用紙が見える。

奥様が意を決したように、仕事部屋に入ってゆく。

「あ？　あれっ？　れ、礼子さん、帰ったんじゃないの？」

岬は顔色を変えていた。

「いえね……私、先ほどこれをお渡しするのを忘れていて……」

奥様は、鞄から一枚の用紙を取り出して広げている。

B4くらいの用紙に緑色の印刷が見える。これは、もしかして……。

「離婚してください。もう、こんな生活続けていてもしょうがありません」

奥様は震える手で、その用紙を岬の机に置いた。

「え？　何言ってるの、礼子さん、冗談だって。俺、冗談で秘書さんたちをからかっているんだよ」

　みんな、岬の動揺する姿を見たのは初めてだった。

「いえね、もう今年中にすべてを清算したいってずっと思っていたんです。あとは、弁護士さんを通して頂けますか？」

　奥様は淡々と話しているようで、そうではなかった。体中からものすごい緊張感があふれている。これを言い出すために、何日も何日も考えていたにちがいない。

「そんなあ、礼子さん、何を言ってるの。俺が横浜になかなか帰らないから？　だって仕事が山積みで、帰れないんだよ。週刊誌に漫画を描くのがどれほど大変か、礼子さん、一番よく知ってるよね？」

「それでしたら、横浜に仕事場を作ればいいものを、わざわざこんな遠くに作って。でも、わかってます？　あなた、ここに仕事場を作ってから、全然いい仕事をしてませんよね。あなたはもう、昔の岬ヨージじゃありません。この仕事場で、自分勝手にふるまって、アシスタントさんも秘書さんも踏みつけにして、いい仕事なんて、できるわけがないんですす」

奥様の言い分に、スタッフ全員がだまりこんでしまった。図星なのだろう。

「俺は離婚する気はないからな」

岬はバツが悪そうに、低い声で言った。

「では、調停に持っていくしかありませんね」

奥様の決心はかたかった。

「お前、なんで？　そんなことを締切り間際に言う？　原稿が終わってから話せないことなのか？　それって、あまりにも思いやりに欠けてないか？」

「だって、あなたの締切りは終わりがないんですもの。しかも、また一つ翔岳館さんの原作つきのお仕事を増やすようですし、もうこの機会を逃したら、私、永遠に自由になれそうもないので」

「はあ？　離婚して、お前、どうするつもりだ」

「ええ、友達がサンフランシスコにいるので、あちらで働こうかと思って」

「なんで、アメリカに行くんだ？」

「私、小学校から中学までアメリカで暮らした時が、人生で一番、楽しかったから。残りの人生、あとどれくらいあるか知らないけど、大好きだった場所に戻って暮らしたいの。もう一度、自分を取り戻したいの。待っているだけの日々はもういやなの」

「はあ？　何言ってんだ？　礼子さん、どうかしちゃったのか？　俺、とにかく離婚しないからな。勝手にしろ」

岬が離婚届をくしゃくしゃに丸めて、ごみ箱に捨てた。

その時だった。最年長の秘書のリカさんが、岬に近づいていった。理知的なリカさんが、怒りで震えていた。

「先生、やっぱり離婚する気なんて、ゼンゼンなかったんですね。私にはずっと、奥様と離婚して一緒になるって言ってたのに……なんかもう……バカみたい……」

この告白に、岬の額から、冷や汗のようなものが流れていく。

「なんなんだ、この職場、腐ってんな……。もう嫌だ……僕……もう、辞めます……。必死で考えたネームを目の前で破られて、何が悪いのかも指摘されずに、ゴミみたいに扱われて……この先ここにいたって、何の勉強にもならないっ！」

新人のアポロくんが、立ち上がって言った。

「おう、おう、辞めろ、辞めろ、お前なんて、どうせ才能なんかないんだ。とっとと辞めちまえ」

岬ヨージが吐き捨てるように言った。

「ちょっとネームを書かせたら、勘違いしやがって。俺なんか、新人アシの頃、先生からゴミ以下の扱いしか受けなかったぞ！」

しかし、そうやって新人を育てることは、もう今の時代にはそぐわない。

その時、先ほど厨房に戻ったはずのメシスタントのモナちゃんが、仕事部屋に現れて、エプロンに手を入れ、何かを取り出そうとした。

楓子さんは、モナちゃんが握るキラリと光るそれを見逃さなかった。

「てめ、このクソじじい、ざけんなよっ！　おめえ、リカ先輩ともできてたのかよっ！　死ねーーっ！」

モナちゃんが甲高い声で叫んで、岬に向かっていくところを、楓子さんが、そのか細い腕をむんずとつかんだ。

彼女の右手に握られていたのは、鋭いナイフだった。

「ああ、よかったわ。私ね、ちょうどこれくらいのナイフを持ってきてもらおうと思っていたのよ」

「なっ、何するんだ、ババア、放せっ!!」

モナちゃんは暴れるが、楓子さんの方が、断然力がある。畑仕事で鍛えた腕だ。楓子さんは、ナイフを取り上げると、KINOKUNIYAのエコバッグから大きな長方形の塊を出し、その包装紙を手早くはぎ取った。

現れたのは、イギリス風クリスマスケーキ。中には、ドライフルーツとナッツがぎっしりだ。上等なブランデーもたっぷり入っている。

「みなさん、クリスマスですよ。争いはやめて、おいしいケーキを食べませんか？」

そう言って奪ったナイフで、ケーキをものすごい速さでスライスしていった。部屋中に、ブランデーの豊潤な香りが充満する。

「さ、どうぞ、みなさん、召し上がって。おいしいですよ」

楓子さんは、みんなに強制的に一個ずつ、配っていく。

みんな狐につままれたように、楓子さんのケーキを、手に握らされている。

「はい、モナちゃんも食べて。おいしいものを食べると、人間ってほんの少しだけ幸せになれるの。モナちゃん、あなたはまだ若くて、こんなに綺麗で、しかもお料理上手なあなたが、その商売道具を汚してはだめ」

モナちゃんはこの言葉にハッとする。そして楓子さんのケーキを握ったまま、その手をブルブル震わせている。そうしながら、頭が急速に冷えていく。

「楓子さん、これサイコーです！　去年のより、さらにパワーアップしておいしいです！　楓子さん、お店開いたらいいのに！」

一口食べて、吉井くんが絶賛する。

「礼子ちゃんも、食べて。これ、私が作ったのよ」

楓子さんは、奥様を「礼子ちゃん」と呼んだ。

「い、いらない……ほっといて……」

奥様は、体をぶるぶる震わせている。離婚を決めた相手ではあるが、その旦那は今、スタッフの一人に殺されそうになったのだ。

「礼子ちゃん、私たち昔、クリスマスに一緒にジンジャーブレッド・クッキー作ったわよね？」

楓子さんが言うと、礼子がハッとした顔になった。

「私のこと、覚えてない？　ほら、私、か・え・で・こ」

「デ……デコちゃん？」

礼子の顔に、小学生のようなあどけなさが浮かんだ。

「そうよ、森野楓子。デコちゃんって、みんなに呼ばれてたけど。礼子ちゃんは、盛岡礼子で、ほら、私たち、モリモリ・コンビって言われてたのよね。さっき礼子ちゃんが、サンフランシスコに行くって言ってたのを聞いて、思い出したの」

「えっ？　楓子さん、奥様とお知り合いだったんですか？」

　吉井くんが聞く。

「私、小学校四年から中二まで、領事だった父の仕事でサンフランシスコにいたの。サンフランシスコ界隈にいる日本人の小・中学生は、土曜日だけの日本語補習校に行くことになっていてね。土曜だけ、朝から晩まで、そこで日本の学校の勉強をしてたのよ。礼子ちゃんと週に一度会えるの、すごく楽しみだったわ」

「デコちゃん……恥ずかしいわ……こんなみっともないところを見せてしまって」

　礼子さんは、うなだれてしまう。

「いいのよ、礼子ちゃん、ゼンゼン大丈夫よ。私なんて、いつもみっともないことだらけよ。近所の子供たちには魔女って言われてて、玄関によく、ニンニクが投げ込まれているの」

「玄関に……ニンニク……？」

礼子さんは、わけがわからない。

「想像力のない子供たちでね、魔女と吸血鬼がいっしょくたになってるみたいなの。本を読まない、今時の子ね。一度とっつかまえて、呪いをかけてやろうと思って」

「デコちゃん……変わらないのね……補習校にいた時も、意地悪な男子が私の教科書やお弁当を隠した時……その子に呪いをかけてやるって言ってたわ。そしたらその男子、次の週になぜか怪我して、松葉杖で補習校に来てたわよね」

礼子さんは、涙目で笑った。

「礼子ちゃん、私、礼子ちゃんが決めたことなら、どんなことでも応援するわよ。元気出して」

礼子さんは、ようやく落ち着いてきた。世界中が敵だったのに、今ようやく心を許せる人に出会ったのだ。

が、その時だった。

岬ヨージが床に倒れ、胸を押さえて、「ううっ」と苦しみだした。

何かの発作を起こしている!

「ど、どうしたんですかっ、岬先生っ！」

楓子さんが、走り寄った。

「く……くすり……」

岬が絞り出すように言った。

「つ……く……え……」

「机って、何が机なんですか？」

「ひき……だし……ニト……」

「礼子ちゃん、岬先生の発作って、なんなのっ？」

「えっと、あの……しゅ、主人は狭心症をわずらっていて……っ」

礼子さんはバツが悪そうな顔をした。

「先生、引き出しに、ニトロがあるってことですね？」

楓子さんが岬に確かめると、苦しみながら、うなずいている。

楓子さんは、岬の仕事机の引き出しを開けた。ニトロ・グリセリンの薬瓶を探すが、どこにもない。

「秘書さん、ニトロはどこにあるんですかっ？　ご存じですよねっ？」

楓子さんは、大声でたずねた。

楓子さんは、この時わかった。地下の仮眠室で、アシスタントと秘書が何やら話していたのは、このことだったのだ。

秘書の一人が言っていた。あの方法しかないと。岬はこのところものすごく疲れているし、前にも締切り間近に発作を起こしたし、今だったら誰にも不思議がられず、殺すことができると。実行とは、ニトロを隠すことだ。そして誰かが、実際にニトロを処分した。

「ちょっと、あなたたち、ニトロを出しなさい！　こんなふうに先生を殺しても、一生嫌な気持ちで過ごすだけよ。復讐したいなら、もっと正々堂々と復讐しなさい！病人相手の復讐なんて、最低の戦いだからねっ!!」

仕事場にいるアシスタントも秘書も礼子さんも、まったく動けない。おそらくみんな、パニックなのだろう。誰もニトロの在りかを言おうとしない。言えば自分がニトロを隠した犯人になるからだ。

「あ！　そうだ、寝室だわ！」

楓子さんは、猛ダッシュで三階まで走っていった。

運動不足の楓子さんこそ、今や心臓発作を起こしそうな苦行の階段だ。

楓子さんは、あの舵がついている寝室へ飛び込み、化粧棚を開けた。

そこにあるのは確かに、ニトロ・グリセリンの薬瓶だった。

しかし、楓子さんはそれを手に取った瞬間、中身が空だとわかった。

瓶を持っても、カランともコロンとも音がしないのだ。蓋を開けると案の定、中身はなかった。

万事休す！

その時、楓子さんの後を追って、礼子さんが入ってきた。

「デコちゃん……ごめんなさい……空に……したの……私なの……岬が苦しめばいいと思って……」

礼子さんは顔面蒼白だった。

「どこに捨てたの？」

「す……てて、ない……」

礼子さんは、フランス製のバッグに手を突っ込むと、底から白い錠剤をいくつか取りだした。

「わかった。じゃあ、その錠剤をこの空瓶に入れて。礼子ちゃん、これを持って、ご主人を助けて。彼はもう充分、反省してるから。早く！」

「そうする……ごめんね、私、こんなダメな人間になっちゃってて……デコちゃんに合わせる顔がない……」

礼子さんは、薬瓶を持って、階段を駆け下りていった。

「そんなことといいから、早く！　ご主人を助けられたら、それでいいんだから！」

楓子さんは、ペタンと床に座り込み、息を整えていた。

「楓子さん、大丈夫ですかっ！」

吉井くんがやってきた。

「大丈夫、大丈夫……ぜんぜん大丈夫だから」

「薬……奥様が……持って行ったんですね……」

「そうよ……もう帰りましょう……あとはもう、みんなで考えればいいことよ」

楓子さんがよろよろと立ち上がった。

「原作の話、お流れですね」

「そうね。もうこれ以上、岬先生の仕事を増やしてはだめよ」

「編集長、がっかりしますね」

「大丈夫よ。私、次の『新宿魔法陣妖獣伝』第六巻で、めちゃめちゃとばして、面白いの書くから。そして、書店の人気ランキング一位になってみせるわ。そうだ、担当の吉井くんに『社長賞』取らせてあげる」

「『社長賞』かあ……あれ、金一封出るんですよね。確か十万円だったかな……」

「十万円あったら、維新號の肉まん、いくつ買えるかしら」

「買えるだけ買ってきますよ。二人でいやっていうほど食べましょう」

二階では、ニトロを口にした岬が命びろいし、皆に今までの非礼を詫びていた。人間、死線を越えるくらいの恐ろしい思いをしないと、心を入れ替えられないものなのだと楓子さんは思った。ディケンズの『クリスマス・キャロル』に出てくる、強欲で冷淡なスクルージのように。

＊

帰りのタクシーの中で、吉井くんが聞いた。

「しかし、楓子さん、地下で岬先生を亡き者にしようと計画していた人は、誰だったんですか？」

「たぶん、いつも怒られている石山さんと、漫画家をあきらめた聡美さんね」

「えっ、あのおとなしそうな石山さんと、聡美さんが？」

「あの二人、同じ色の服を着てた。石山さんが水色のセーター。聡美さんが水色のニットのワンピース。どちらも同じブランドよ」

「ブランド名、見たんですか？」

「首もとにタグがついてるから、ちょっとね……」

「偶然じゃないんですか？」

「偶然じゃないと思うわ。あのブランド、ロンドンにしかないから。日本にまだ、入ってきてないのよ」

「え──────、そこまでわかるんですか？」

「あと、聡美さんが岬先生にハラスメント受けてるとき、石山さんが唇かんでた。ものすごく悔しそうだった」

「じゃあ、先生の机のニトロを隠したのは、二人のうちのどちらかですね？」

「狭心症の人って、よく薬入れになっているロケット型のペンダントをしているんだけど、先生はしていなかった。あんな横暴な先生だけど、アシスタントさんのことも秘書さんのことも、信じていたんじゃないかしら……セーフティー・ペンダントなんてしなくても、誰かがちゃんと用意して助けてくれるって……」

楓子さんは、気の毒そうに言った。

「礼子ちゃん、仲直りできるといいんだけど……」

「決心かたそうでしたから、難しいんじゃないですか？　なんか、秘書さんはみんな、先生のお手つきだったみたいですし……」

「でもね、寝室の卓上カレンダーに、岬先生の字で、十二月二十四日までに絶対、横浜に帰るって、書き込んであったの」

「ええ!?　そうなんですか……ミス・メープルはさすがに見逃しませんね」

「だから、さっき帰りがけに、そのカレンダー、礼子ちゃんに渡したの。礼子ちゃん、書き込みを見て泣いてた」

楓子さんも泣き顔になっていた。

「やっぱり、本物のタイガーショーは、カッコいいなあ。見事に事件を解決しちゃうんだから」

「ううん、違うの、これは恩返しなの。私、サンフランシスコの補習校にいたとき、日本語も英語もイマイチでね、三歳から七歳まで、ずっとフランスにいて、それから三年後にアメリカへの赴任だったから、ヘンな日本人でね。どの言語も中途半端。でも礼子ちゃんが、簡単な日本語の本をたくさん貸してくれたの。だから私が今、小説を書いているのは、礼子ちゃんのおかげよ。礼子ちゃんの本をたくさん読んで、読書が好きになって、日本語もきちんとしゃべれるようになったの」

「へーえ、じゃあ礼子さんは、僕にとっても恩人になりますね。タイガーショーを生み出してくれたのは、礼子さんですから」

その時、いきなりタクシーがするすると路肩に停まってしまった。

「あ、あの、すみません突然。そちらもしかして、大河ショー和先生ですか？」

運転手さんが、振り向いて楓子さんに言った。

「いえいえ、違います、タイガーショーはこちら、この彼です」

楓子さんは、あたふたする。

この二人は、いつだって気を抜きすぎだ。

「えっ？　そうなの？　なんだ、俺、さっきから話を聞いていて、女性のあなたがタイガーショーかと思って、びっくりしてたんだ」

「紛らわしい会話で悪かったね、ドライバーさん、俺がタイガーショーだぜ」

吉井くんは、レイバンのサングラスをさっとかけて言った。

「ああ、そうなんだ！　やっぱりタイガーショーはカッコいいなあ。あの、この本にサイン、いただいていいですか？」

運転手さんは、助手席に置いてある『新宿魔法陣妖獣伝』第五巻を、吉井くんに差し出した。

「ミスター・ドライバー、この俺を泣かせないでくれよ。いつも俺の本を傍に置いてくれているなんて、作家冥利につきるぜ」

「ああ……その言い方……ロドリゲス杉田だあ……なんか俺、この年末、やっと運が開けてきた気がするよ！」

運転手さんは、吉井くんのサイン付きの本を受け取ると、嬉しそうに言った。

「ミスター・ドライバー、俺こそ運が向いてきたぜ、ベイベー。よかったら、次の六巻目、ユーに進呈するぜ。名刺、もらっていくよ」

吉井くんはノリノリだった。

メリー・クリスマス。

運転手さんも吉井くんも、礼子さんも、岬先生も、アシスタントさんも秘書さんも、どうぞどうぞみんな、お幸せに。

楓子さんは、流れていく街の景色を見ながら、心から祈った。

みんなたぶん、とても疲れていただけ。

心も体もゆっくり休めて、また、一から始めればいい。

人生はいつだって、気づいた時から、やり直しがきくのだから。

第三話　若き日のミス・メープル

天才絵本作家誕生

　西暦二〇〇八年、昭和で言うと八十三年。平成だと二十年の春、翔岳館の会議室では、児童文学賞の選考会が開かれていた。

　編集部からは編集長、副編集長、若い編集者が男女二名の合計四名。それに加えて、児童文学界の重鎮、田野口優斗先生と、もう一人の重鎮、白根佐代子先生が列席し、合計六名で最終選考作品のどれをどの賞にするか、議論が重ねられていた。

「いやいや、私は、どうもこの『ウサクマちゃんの冒険』の良さがわからなくてね。年をとったせいかね……」

　小学校の国語の教科書の監修によく名を連ねる田野口先生は、頭を抱えていた。

「田野口先生、おっしゃる通りです。実は僕も、この『ウサクマちゃん』には、どうも感情移入できなくて。まあ、絵は魅力あるし、せっかく最終選考まで残ったんだから、『期待賞』くらいは差し上げてもいいと思いますけどね」

　宮ノ下（みやのした）編集長が言うと、若手二人の編集者がうなずいていた。

「私は、『ウサクマちゃん』、好きですよ。何かとっても癒やされますよね。ただ、癒やされるけどストーリーに一本芯が通ってないというか、起承転結ができていないのが、残念ですよね。この作者、想像力はかなりあると思うんですけど」

　同じく年配の白根佐代子先生は悩んでいた。白根先生は、児童文学者歴三十年以上で、受賞した文学賞は数知れず。重鎮中の重鎮だ。

「かといって、『期待賞』ではちょっとかわいそうな気がしますよね。でも『優秀賞』っていうレベルでもないですし……。『努力賞』くらいが妥当なんじゃないでしょうか？」

白根先生が『努力賞』と言えば、もう『ウサクマちゃん』は努力賞以外の何物でもなくなる。

入賞の基準は下から、期待賞、努力賞、優秀賞、そして大賞の四種類だ。

「あの、すみません、僕はこの『ウサクマちゃんの冒険』は、結構すごいテクニックで書かれていると思ってます。彼女の起承転結にこだわらない自由さ、それに加えて、誰も考えないような話の展開。この作者の森野さん、きっと化けますよ」

亜蘭明副編集長は、楓子さんを買っていた。

「亜蘭、お前がいいって言う作家で、ヒットしたのって一人もいないじゃん。『ウサクマ』はどう転んだって、化けないよ」

宮ノ下編集長は、鼻で笑っていた。

「いや編集長、この森野さんは、化けます。なんか日本人にない突拍子もない感覚を持っている気がするんです。とりあえず、彼女に優秀賞を与えて、書籍化してみませんか？　それで、世の中の反応を見てみたらいいじゃないですか。もし化けたら、大儲けですよ」

『努力賞』『期待賞』にも金一封は出るが、書籍化には至らない。

亜蘭が楓子さんに何か妙な捨てがたいパワーを感じ、編集長と重鎮の先生方を必死に説得した結果、楓子さんに優秀賞を与えることが決定した。

そんなひと悶着を経て、三十代の終わり頃の楓子さんは、翔岳館『児童文学賞・絵本部門』で優秀賞に輝いていた。

「おめでとうございます！」

「一言お願いします！」

カメラのフラッシュがあちこちでたかれ、眩しくて目を開けていられない。

「あのう、笑顔、こっちにお願いします！」

授賞式は翔岳館にほど近い、文学士会館で行われていた。歴史あるこの建物で授賞式を行ってもらえるのは、作家にとっては最高の誉れだ。

そんな誉れある授賞式で、本日、楓子さんは、晴れの舞台に立っているはずだが。

「あ、エスカルゴ……。すごい贅沢……ちょっと頂いてみようかな」

優秀賞に輝いた楓子さんは、軽食が準備されたテーブルの前にいた。そして、バゲットを薄く切った上にガーリック味のエスカルゴをのせたカナッペに、手を伸ばし

たところで、

「ああ……森野さん、ここにいましたか。捜しましたよ。あなたは今日の主役なんですから、さ、舞台の方へいらしてください」

突然、声をかけられた。

振り向くとそこに、翔岳館の児童文学編集部・絵本チームの副編集長、亜蘭明がにっこりと笑って立っていた。

エスカルゴを諦めた楓子さんは、しかたなく報道陣が詰めかけている舞台へと、向かって行く。

実は先ほどまで楓子さんは、その華やかな場所のすぐ近くにいたのだが、

「グレイの彼女、ちょっとそこ、左にずれてくれます？」とか、

「レイラちゃん、こっちむいて！」とか、

「ちょっとあなた、レイラちゃんにかぶってる、もう少し後ろに下がって！」とか、さんざん言われて、はじにはじに、後ろに後ろにと移動しているうち、いつのまにか、ひっそりとした軽食のテーブルに流れついていた。

グレイの彼女、と言われた楓子さんは、母親の形見のシャネルのスーツに身を包み、

胸元にミキモトの真珠のブローチをあしらっていた。大柄なことを気にしているので、正装の時は、いつもフェラガモのフラットシューズを愛用しているが、最近太って靴がキツイ。

「あの……森野さん、そのバッグもフェラガモですよね？　大きくて使いやすそうでいいなあ。靴とお揃いで、とってもお洒落ですね」

他にどうやって会話を弾ませていいのかわからない亜蘭副編集長が、とりあえずブランドを誉めるところから入っていく。

「実は、今日はこのコが入っているんです」

楓子さんは、大きなフェラガモのバッグを開けて、中を見せた。

そこには、楓子さんがフランクフルト空港で目が合ってしまったシュタイフ社のクマのぬいぐるみが入っていた。耳に金ボタンでパンチされたタグがついている、あの有名なぬいぐるみ会社のものだ。

亜蘭副編集長はクマを見て、なんと返していいのかわからない。

「あ……ああ……なるほど、そのコが『ウサクマちゃんの冒険』のモデルですね？　へえ、かわいいですね。ところでウサちゃんは、連れてきていないんですか？」

亜蘭副編集長は、この頃はまだ全力で楓子さんとコミュニケーションをとる努力をしていた。

「ええ……さすがにウサちゃんまでは、バッグに入らなくて……今日は小さめのクマ次郎の方を連れてきました」

平然と話しているようで、実は楓子さんはとても緊張していた。

亜蘭副編集長が推してくれなかったら、自分は受賞できなかったと、さきほど宮ノ下編集長に言われたからだ。亜蘭副編集長は恩人だ。失礼のないようにしたい。

*

今回の授賞式は、いつもの十倍華やかに行われていた。

というのも『絵本大賞』を取ったのが、現役高校生で、まだ十七歳のあどけない少女だったからだ。しかもアイドル・デビューしてもぜんぜんおかしくないくらいかわいくて、楓子さんの存在はかすみにかすんだ。『大賞』とは、楓子さんがもらった『優秀賞』の上の賞で、大賞が出たのは実に三年ぶりだという。

その受賞者の名前は、夢咲レイラ。これがまた本名だという。

翔岳館は、天才絵本作家の誕生に沸いていた。

通常だったら授賞式は、翔岳館の社員と選考委員の先生方とだけで行われるのだが、今回は、他社の雑誌編集者や記者、カメラマンを大勢招待して、夢咲レイラを大々的に売り出す方針だった。

「レイラちゃん、もう次の作品の構想とか、できているんですか？」

記者がインタビューしているところに、そっと楓子さんは加わった。居心地の悪いことこの上ない。

しかしそっとその横に立った楓子さんに、レイラちゃんはニコッと笑ってくれた。

その笑顔ひとつで、楓子さんは救われる思いだった。

「初めまして、あの、夢咲です。本日はおめでとうございます」

レイラちゃんはお行儀がよくて、すぐに楓子さんに挨拶をしてくれた。レイラちゃんこそ、おめでとうなのに。

「私、森野楓子と申します。ペンネームは『もりのかえで』です」

名前に子がつくと古臭いので取ったらどうか、と編集長に言われ、筆名を『かえで』にした。ちょっと不本意だった。

「さっき、もりのさんの絵本、拝見しました。わたし、『ウサクマちゃん』大好きです」

レイラちゃんは、キラキラの笑顔で言ってくれた。楓子さんはもう、天にも昇る気持ちだ。

入賞者の生原稿は、舞台の袖のテーブルに置かれている。誰でも手に取って、読めるようになっていた。

でも、楓子さんは、この会場で人の作品に関心を寄せるほど心に余裕がなく、いい年してレイラちゃんに何のコメントもできなかったことを、恥ずかしく思った。

「ごめんなさい、私、こういう場所が苦手で、緊張して、まだレイラちゃんの作品を読んでないの」

「いいえ、わたしもすごく緊張してて……でも、さっき『ウサクマちゃん』を読んだら、なんだかほっこりして……すっごく気持ちが落ち着きました」

レイラちゃんは、人間的にも大賞だ。年齢に関係なく、素晴らしい人っているのだな、と楓子さんは感心した。

「でーすーかーらー、ねえ、レイラちゃん、次の作品の構想はもうできているんですか？」

先ほどの記者が、また同じ質問を繰り返している。楓子さんは、完全に邪魔モノだった。

「いえ、まだ、ぜんぜん……わたし、心に余裕がなくて……次のことはまったく何も考えられません……」

頭がよくて、でも線の細そうな子だった。その繊細さが、素晴らしい作品を生み出しているのだろう。

「なんか、お隣の方って、レイラちゃんのお母様って感じですよね」

会場がどっと沸いた。

「彼女は『ウサクマちゃんの冒険』で、今回、優秀賞をとった『もりのかえで』さんです。彼女の作品もおもしろいですよ。僕のイチオシです」

亜蘭副編集長が、紹介する。

「奥さん、お子さんがいらっしゃるんですか？　そのお子さんのために描いたんですよね」

アラフォーくらいの女性のことは、とりあえず奥さんと呼んでおくのが、無難なのだろうか。

なぜフランスみたいに、マダムといったような洒落た呼びかけができないのかと、楓子さんはいつも残念に思う。

『マダム』には元々、『私の貴婦人』といった敬意がこめられており、昔は貴族や王室の上流婦人をさしていた。未婚の女性だって、マドモワゼルではなくマダムと呼ばれて、嫌な気がする人はいない。女性への最上級の呼びかけだ。

英語のミセスという意味とも、まったく異なる。

楓子さんは、もやもやする気持ちを抑えて、

「私は、子供のためだけでなく、大人にも読んでいただけるような絵本を描いていきたいと……」

思っています。と締めくくりたかったのだが、別の記者が、

「ねえ、レイラちゃん、受賞のこと、学校のお友達はなんて言ってるの?」

と、質問をかぶせてしまう。

「いえ、友達にはまだ、このことは伝えていません」

レイラちゃんは小さな声で、楓子さんに申し訳なさそうに言った。自分へのインタビューばかりで、楓子さんが軽く扱われていることに心を痛めている。

しかし楓子さんは、受賞したことでもう充分ハッピーなので、脚光を浴びなくても全然かまわない人だった。むしろ、脚光を浴びるのが嫌いなので、レイラちゃんにスポットがあたったことで、緊張がほぐれて助かっていた。

記者会見が終わり、パーティーが始まり、会場は乾杯をしたり軽食を食べたりなど、リラックスした時間となったが、レイラちゃんはずっと自由にはさせてもらえなかった。彼女のあとを、延々と人がくっついてまわる。

そんなレイラちゃんの様子を見て、楓子さんは、ふと気になった。

ちょうど、近くに宮ノ下編集長がいたので、聞いてみた。

「あの、レイラちゃんって、本名がそのままペンネームなんですよね？」

「そうなんだよ。生まれながらの絵本作家って感じだよね？　彼女ぜったい売れると思わない？」

編集長は、久しぶりの大型新人にわくわくしていた。

「あの、でも、本名を使うと、危なくないですか？　夢咲レイラなんて、なかなか世の中にない名前なので、すぐ個人情報がもれてしまいそうですし、しかもあんなにかわいくて、ヘンな人につきまとわれたりしたら、とても危険ですよ」

「その点、もりのかえでさんは、『子』をとっただけで、ほぼ本名だけど、たぶんストーカーはされないだろうから、安心だね」

ちょっと神経質そうで意地悪な宮ノ下編集長は、自分で言ったジョークに、笑いがとまらない。近くにいた若い編集者も笑っている。

「でも、何かあったら、本当に怖いことになりますから……。今、ヘンな人、多いですから、彼女の生活に支障をきたさないようなペンネームの方が、いいと思うんですが……別のペンネームでも、彼女はぜったい売れますよ」

「うーん、まあ、考えてみるけど、たぶん本名を使うと思うよ。インパクトがあるからね」

宮ノ下編集長は、楓子さんの心配など気にもしなかった。

そして、パーティーがお開きになると、楓子さんは大きな花束と盾をいただいて、会社が用意してくれたタクシーに乗って帰った。

家では、まだその頃存命だった父親が、受賞をそれはもう喜んでくれて、お手伝いさん、コックさんをまぜて、四人でパーティーとなった。

母親にもこの快挙を知らせたかったが、もうとうの昔に亡くなっていた。もちろん、あの世で楓子さんの受賞を喜んでいたにちがいないが——。

夢咲レイラの描く世界は独特で、十七歳とは思えないほど叙情的で自然と人間が優しく融合し、読む人の心をつかんで放さないものだった。

受賞作『太陽と少女』は、いじめにあった少女が、傷ついた心を自然の中で再生していく話だ。彼女の水彩画も素敵だが、その文章もみずみずしさでいっぱいだ。

マスコミも連日、十七歳の絵本作家を取り上げ、絵本にもかかわらず、芥川賞をあげてもいいのではないか、という議論まで繰り広げられていた。

この本は、絵本業界では異例のヒットとなり、翌年に出した第二弾の『海とレイラとさようなら』は、作者の名前がタイトルに入り、これもまた大ヒットとなった。孤独なレイラちゃんが、海の世界の生き物たちと心を通わせるお話だ。

楓子さんは、レイラちゃんを心配しつつ、彼女の活躍を誰よりも喜んでいた。

＊

それから三年が経った夏の日、昭和八十六年（平成二十三年）、翔岳館の地下にある、昭和っぽい純喫茶で打ち合わせが行われていた。この薄暗い感じが妙に落ち着く、と、年配の男性客には好評だった。

「ああ、すみません、転法輪さん、お待たせしました！」

翔岳館・輸入書籍編集部所属の川岸奈々子が、書類をたくさん抱えて、転法輪弘のところへかけつけていた。

「先日の翻訳、ありがとうございました。もう完璧ですよ、パーフェクトです！」

川岸奈々子は、転法輪に満面の笑みを見せると、すぐ席についた。

「あ、私もこちらと同じ、クリームソーダをお願いします」

アラサーの奈々子さんは、疲れを吹き飛ばそうと、転法輪と同じ甘いものを頼んだ。仕事熱心な彼女は、いつも駆けずり回っていた。大学は英文科だったので、今、海外のミステリーなどを日本で紹介し、販売する仕事に携わっている。

「でも、転法輪さんって、翻訳すごく速いですよね、こんな五百ページもある分厚い本なのに、たったの二週間で仕上げてくださって、もう、転法輪さんは、うちの編集部の救世主です。しかも、転法輪さんが訳すと、絶対ヒットするんです。ですから、みんな仕事を転法輪さんに頼んでしまって、すみません！」

奈々子さんは、両手を合わせて謝る。

「いいえ、こちらこそ、お仕事ありがとうございます。私、翻訳って好きなんです。自分じゃなかなか読めないような世界を、翻訳を通して知ることができて、とっても楽しいんです」

転法輪弘は言った。

「そう言っていただけると、助かりますー。もう、うちの書籍の四分の一は、転法輪さんの翻訳ですよ。私、転法輪さんの訳した『ニューヨーク毒魔女乱舞』好きでしたよ。あと、『吸血美女シカゴ・ドラッグ』も最高でした。転法輪さんが訳すと、ハードボイルドがほどよくエロチックで、時々えらいグロテスクなんだけど、もっと先が読みたくなっちゃうっていうか……はあ、私、転法輪さんと仕事で組めて、すごく幸せです」

嘘のまったくない笑顔に、転法輪弘は、嬉しくなってしまう。

と、その時、この薄暗い純喫茶に、また一人の編集者が入ってきた。

奈々子さんはその編集者に軽く会釈した。

ここに入ってくる人は、ほとんどが翔岳館の社員だ。

その彼が、奈々子さんの前に座る転法輪弘の顔を二度見した。

「えっ……森野……さん？」

声をかけたのは、亜蘭明だった。『ウサクマちゃん』を推してくれた児童文学編集部・絵本チームの副編集長だ。

「あっ、どうも……ご無沙汰してますっ!!」

飛び上がって挨拶をしたのは、楓子さんだった。

「川岸さん、どうして森野さんと知り合いなの？」

「ああ、転法輪さんって、森野さんが本名でしたね。えっと、森野さんは転法輪弘という名前で、うちの海外書籍の翻訳をやってくれているんですよ」

「えっ!!　マジ！　転法輪弘って森野さんだったの？　ずいぶん前から、うちの翻訳本に名を連ねているよね？」

「そうなんです。私、十年くらい前から、翔岳館・輸入書籍編集部の『エグゾティック文庫』で、ずっと翻訳の仕事をいただいているんです」

「えー――、そうだったの――!? なんだよ、早く言ってよ、それ!!」

亜蘭は想像できないほどびっくりしている。

「いえ、絵本とはまた別の分野なので、ちょっと言いにくくて、ごめんなさい……。で、亜蘭さんは、今も児童文学編集部にいらっしゃるんですか?」

楓子さんは『ウサクマちゃん』を書籍化してくれた亜蘭に、今も頭があがらない。目の前にいるだけで、汗が出てくる。

「俺、二年前に異動で『エグゾティック文庫』の隣の『ナイト・ハンター・ノベルス』にいるよ。こっちも男性向けの小説なんだ」

亜蘭は児童文学の編集長と折り合いが悪く、しかも楓子さんの『ウサクマちゃん』がそんなに売れなかったのが決定打となって飛ばされた。

「え――――、なんだよ――、森野さんが転法輪弘なんだ……」

亜蘭はしばらく、開いた口がふさがらなかった。ずっと衝撃を受けている。

「転法輪さんは、ロンドンの美大を出てらっしゃるので、絵も描くし、英語も堪能なんですよ。お父様が外交官でしたよね？」

「ロンドンの美大？　へぇ──。それで『ウソクマちゃん』、描いたんだ……なんか日本人離れしてると思った……」

「『ウサクマ』です」

「しかし、転法輪弘の翻訳、すごいよね。俺、あなたの訳した本、ほとんど読んでるよ。はっきり言って、原作の英語を超えてるよね。日本語訳のほうが面白いなんて、あなたの本くらいだよ」

亜蘭は、楓子さんにとことん感心していた。

「あー、私、絵本の時もそのくらい誉めてもらいたかったでーす」

楓子さんは苦笑した。

「転法輪さん、これ、俺の今の名刺」

亜蘭は新しい部署の名刺を楓子さんに差し出した。

翔岳館『ナイト・ハンター・ノベルス』
副編集長　亜蘭明

「ありがとうございます。私、名刺作ってなくて。住所は前と同じです」

楓子さんは、絵本で亜蘭の期待に応えられなかったことを、申し訳ないと思っていた。自分のせいで異動したのかもしれない、とも。

だからもし名刺をもっていても、とても渡せなかった。亜蘭とこの先仕事がつながるとは、夢にも思っていなかったから。

その帰り道。

楓子さんは、翔岳館の近くの本屋街を散歩していた。そこにはありとあらゆる専門書の本屋さんが、立ち並んでいた。

翔岳館の打ち合わせの帰りに、その通りをぶらぶらするのが、楓子さんにとっての楽しいひとときだ。

すると、ふと通りかかった大型書店に、長蛇の列ができていた。

店の入り口脇の立て看板に、

本日三時　【夢咲レイラ　サイン会】　先着三百名様
　夢咲先生の新作『明日、輝く』をお買い求めの方にのみ、サインいたします！

と書かれていた。

この三年で、レイラちゃんの本はもう五冊は出ている。

出す本出す本ベストセラーで、飛ぶ鳥を落とす勢いだった。

亜蘭副編集長に会った後、レイラちゃんのサイン会に遭遇するなんて、何かのご縁だと思い、さっそく楓子さんもレイラちゃんの本を購入した。

そして長蛇の列に加わると、なんと楓子さんが、ラスト三百人目だった。

本日は晴天なり

二十歳になった夢咲レイラは、書店の二階、特別室の白い布がかかったテーブルの前で、次々とやってくる読者さんに、笑顔で対応していた。

そのかわいさは、高校生だった三年前と変わらない。いや、それどころか、美しさに磨きがかかっていた。

彼女の左右に豪華なスタンド花が飾られ、別の机はプレゼントの山になっていた。

大勢のスタッフが見守る中、レイラちゃんは一人一人にサインをして、握手をして、記念写真を撮って、一言、二言話し、読者との絆を深めていく。

その長蛇の列に並んでいるのは九十パーセントが男性だった。それもティーンエイジャーから年配のおじ様まで。レイラちゃん人気は健在だ。

そんな中、最後尾の楓子さんの存在は、やや浮いていた。

それでも三年ぶりの再会に、楓子さんはわくわくどきどきしていた。

「きゃー、レイラちゃん、おひさしぶり」

かなり待たされた後、ようやく自分の番がくると、楓子さんはついはしゃいだ声を出してしまった。

「えっ……あ、あの……」

レイラちゃんは、一瞬とまどう。その表情から見て、楓子さんが誰だか思い出せないようだった。

「あの、もりのかえでです。ほら、三年前、一緒に翔岳館の児童文学賞で賞をとった。私、『ウサクマちゃんの冒険』で優秀賞をもらった森野楓子です」

「あ、そ、そうですか……ごめんなさい……」

レイラちゃんは、気まずいようすだった。

もう二百九十九人とあれこれしゃべってきたのだ。彼女はきっとヘトヘトだ。昔の想い出なんて、どうでもいいに決まっている、と楓子さんは急に恥ずかしくなった。

レイラちゃんと今の自分の立場には、雲泥の差がある。

「あ、えっと、じゃあ、サインお願いします」

楓子さんはあたふたしながら、鞄から絵本を取り出した。

「えっと、どのページがいいのかしら」

表紙がいいのか、表紙の裏の無地のところがいいのか、悩んでいた。みんながどこにサインをしてもらっていたのか、見ていればよかった。挙句の果てに、絵本を床に落としてしまう。

「うわあ、どうしよう、ごめんなさい」

楓子さんは落とした絵本を、自分のワンピースのスカート部分で拭く。

「あのー、すみません、もうすぐサイン会、終了しますので」

出版社の若手スタッフの一人がせかした。

よく見ると、新作の絵本は翔岳館から出版されたものではなかった。『福益出版』と書かれている。中堅どころだが、なかなか頑張っている会社だ。

だからこの場に、楓子さんの知っている編集部の人がいなかったのだ。

「あ、では、ここにお願いします」

楓子さんは、表紙の裏を開いた。

レイラちゃんはマジックペンを握ると、夢咲レイラと早書きした。

「レイラちゃん、頑張ってくださいね」

それだけ言って、楓子さんは、そそくさとその場を離れた。握手もしなかった。写メは元々撮れない。携帯を持っていないのだから。

レイラちゃんはこの三年間、いったい何人、何百人、いや何千人と、目まぐるしく出会ってきたのだろう。あちこちの華やかな場所へ顔を出し、その時会った人たちのことを、いちいち覚えていられるはずがない。

でも楓子さんにとってレイラちゃんは、たった一人の同期デビューの仲間だったから、なんだか寂しい気持ちになった。

「まあ、いいわ……それより、次の仕事、どんな本かな……」

楓子さんは、落ち込まないように、別のことを考えるようにした。

さきほど『エグゾティック文庫』の川岸奈々子さんに頼まれた、バッグの中にある、アメリカのハードボイルド作家の原書をチラリと見た。

タイトルは、“Deathly(デスリー) bitch(ビッチ) & night(ナイト) howling(ハウリング)”――。

「これまた……激しそうな話ね。『サイアク尻軽女の夜の唸(うな)り声』かあ……。中身はまだ読んでないけど、私だったら『死を呼ぶ毒女の遠吠え』にするかな……」

楓子さんは書店を出て、行きつけの喫茶店に立ち寄った。

そこはテーブルも広くて、内装も落ち着いているし、何よりコーヒーがおいしいので、気に入っていた。

お店の人も、楓子さんの顔をよく覚えているので、すぐに奥の窓際の洒落た席へと通してくれる。

「ここで少し読んでいこう」

楓子さんは、次の仕事の原書をテーブルの上に出すつもりが、先ほどのレイラちゃんの絵本を取り出していた。

「『明日、輝く』かあ。レイラちゃんらしいわ。転法輪弘の翻訳だったら、『明日、殺人光線炸裂』とかになるかな、ふふ……」

自分で考えてくすくす笑いながら、楓子さんは絵本をゆっくりと開いていく。

レイラちゃんらしい、やさしいパステル調の水彩画。

チューリップ、ヒヤシンス、スイセンなど、春の花満開の花壇の中、女の子は朝日に照らされ、目を瞑(つぶ)っている。

その次のページの女の子は横顔で、橋げたから、川面に流れる花筏(はないかだ)を見つめている。

その次のページをめくると、同じ女の子が、後ろ姿で空に手をかざしている。

楓子さんは、途中から文章を読まずに、次から次へと絵だけを追って、ページをめくっていく。

「あれ……結局、女の子のアップが一枚もなかった……」

楓子さんは、首をひねった。

レイラちゃんの絵のいいところは、目にあったのに。あの瞳の描き方は、勉強して描けるものじゃない。瞳がすべてを語っていた。彼女の描く目は、あのみずみずしい文章にマッチして、絵本を盛り上げていた。

「よく見ると、パステル画もちょっと色合いが変わったような……これだって素敵なパステル画だけど、なんだろう……昔の方がもっと、なんていうかこう、儚(はかな)くて……それがレイラちゃんの売りだったのに……」

楓子さんは、時間も忘れて、レイラちゃんの新刊を何度も何度も読んでいた。

レイラちゃんの最初の二作は持っているが、三、四作目は買っていないので、彼女の絵の変化がよくわからなかった。レイラちゃんが、三、四作目を出したころ、楓子さんは、父親の看病、死去、相続問題で、怒濤(どとう)の人生を送っていて、絵本を読むような環境になかった。

　でも、曲がりなりにも美大を出ている楓子さんにはは、この五作目が、一作目と二作目のタッチと明らかに違うことは、わかった。

　素人にはわからなくても、楓子さんにはわかった。この五作目の絵からは、かつてレイラちゃんが作り上げていた、命の息吹がほとばしる何かが、全く感じられないからだ。小手先で描いている。

「それにしても、なぜ、翔岳館からデビューしたのに、別の出版社から絵本を出せるのかしら……」

　普通、作家は、どこかの出版社で賞をもらってデビューしたら、まず何年かはそこで仕事をするのが暗黙の了解だ。十年もすれば、どこの出版社でも描けるだろうが、彼女はまだデビューして三年の新人だ。あっちこっちで描くのは、珍しいような気がする。

「そうだ、これは亜蘭さんに聞いてみようかな……」

　緊張する相手ではあるが、児童文学編集部の元副編集長に聞けば、そこら辺の事情がわかる、と、早速先ほどもらった名刺を取り出して眺めた。

「あ――、だめね。私、どうしてこう、気になると、ついつい知りたくなっちゃうのかしら……」

しかしこういう謎に遭遇した時、楓子さんは俄然元気になってくる。

「そうだわ、それより『死を呼ぶ毒女の遠吠え』読まなきゃ」

楓子さんは絵本をしまい、アメリカのハードボイルドをテーブルに出した。

コーヒーはもう飲み干している。長居をしそうだから、パンケーキでも頼もうかな、と思ったその時、店の扉のカウベルがカラン、コロンと鳴り、なんだか訳ありな若い男女が、店に入ってきた。

楓子さんは、なるべく二人を見ないようにして、原書に目を落とした。

するとウエイターさんは、その二人を楓子さんのすぐ前のテーブルに座らせた。

男の顔は見えるが、女は背中しか見えない。元々女はマスクに眼鏡、その上、大きな帽子をかぶっているので、誰だかわからない。

いや、ちょっと待って……男性は先ほど、サイン会で楓子さんを早くしろとせかした出版社のスタッフだった。

まあ、そんなことはどうでもいい、と楓子さんは『死を呼ぶ毒女の遠吠え』を読み始める。

一ページ目はいきなり、ニューヨーク郊外の大邸宅の庭で、その家の若奥様が顔だけを池につけて死んでいるシーンから、始まっている。

「こういうのって大抵、優しい旦那さんが犯人なんだけど……たぶん、違うわね。この作者のジェームス・キンバリーさんって、意表をつくのがうまいからね……。きっとプールで死んでいるのは、CIAがらみで造られた奥さんのアンドロイドで、本物の奥さんは、そこのトップクラスの科学者なのよ……私だったら、そんな展開がいーなー」

楓子さんは、ブツブツ言いながら、『死を呼ぶ毒女の遠吠え』を読み進めていく。

「もう、後戻りはできないだろ」

前のテーブルの男が言った。

この若いスタッフは、おそらく編集者だ。サイン会の会場で、一人、非常に感じが悪かった。サインをもらった読者が、レイラちゃん見たさに会場に残っていても、冷たくお引き取り願っていた。

楓子さんも、あの場でぐずぐずしていたため、背中で舌打ちの音を聞いた。

「もう、作家、やめたいです。あれはもう、わたしの作品じゃない……。見る人が見れば、わかります」

「見る人が見たらわかるかもしれないが、だから何？　誰にも迷惑かけてないだろ？　今回の新作だって、前回を超える売れ行きだ。気にすんな」

聞くつもりはなかったが、ここで楓子さんのアンテナがピンと張った。

「でもわたし、もう読者さんを……だましたくない……」

間違いない。このか細い声は、レイラちゃんだ。

「今やめてどうするの？　あんた自身、大学も続けなきゃいけないし、お母さんに家を建ててあげて、ローンまだ残ってるよね？　弟さんだって、カナダに留学させてあげてるんでしょ？　シングルマザーで苦労してきたお母さんを、やっと楽にしてあげられたんじゃないの？」

「それでももう、本当のことを、みんなに伝えたいです……。それで読者さんが離れていくなら、わたしはそれまでのものだと思ってます」

「アホか？　読者はあんたを絵本界のアイドルとして、応援しているんだよ。そのあんたが描いた絵が、実は高校時代に付き合っていた彼氏が描いたもので、その彼氏と別れたから、今、絵本の挿絵がゴーストの絵描きに変わっているって、どんだけイメージダウンだよ」

レイラちゃんのすすり泣きがもれてくる。

「どうせなら、もっと稼いでからやめれば？　五作くらい絵本がヒットしたって、一生安泰じゃないだろ？」

なんと、今の夢咲レイラの絵は、彼女自身が描いたものではなく、ゴーストの絵描きが描いていたものなのだ。

受賞した時の絵と、今回の新刊の絵が、微妙に違う理由が、楓子さんには今、ようやく納得できた。

「わたし……今の絵を描いてくれている下田（しもだ）さんに、ずっと脅されてます。下田さんは、山之内（やまのうち）さんが見つけてきた人ですよね。わたしは、書いても書いても、結局、原稿料のほとんどを彼に脅し取られてます。これって犯罪です」

「そりゃ、しょうがないだろ。下田が本当のことを言ったら、あんた、週刊誌のいいネタになるよ」

そんなことになったら、もう普通の顔をして世間を歩けない。

「レイラのアンチは多いからね。顔がいい、かわいいってだけで、絵本業界でちやほやされて。実力があるのに芽が出ない絵本作家は、レイラのことを、さぞ恨んでいるだろうね」

レイラちゃんの肩が、小刻みに震えている。

「翔岳館に捨てられたところを、俺が拾ってやったんだよ。あっちの編集長は、あんたが絵を描いてないことを知って、早々に捨てたんだよ。スキャンダルはごめんだからな」

「わたしだって、だますつもりじゃなかったんです。最初に絵を描いてくれた彼が、自分は男なのに、こんなに女の子っぽい絵を描いて、名前を出すのは恥ずかしいから、私が描いたことにしてほしいって言って……。それに、大賞なんて取るとは思っていなかったから……あの一冊で終わりだと思ってたから……」

するとと男は、わざとらしくため息をつく。

「そんな話、どうでもいいわ。じゃあ、もう本当にやめたいっていうなら、俺がうちの編集部に話をつけてやるよ。絵描きの下田もカタをつけておく。五百万で、手を打つよ。今回、そのくらいの印税は入ってくるはずだから。それで俺との仲も終わりでいいな？」

「山之内さん、五百万って、それは脅迫です」

「脅迫じゃねえだろ？　レイラのイメージは守りつつ、きれいに引退させてやるんだから。あとは静かに大学生として過ごせるんだぜ？　それくらい、安いもんだよ」

その時、楓子さんが、ガタンと音を立てて、椅子から立ち上がった。

そして、その若い男、山之内の前に行き、

「五百万は決して安くないです。冗談はヨシコさん」

と、言った。

「はあ？　なんだおばさん、人の話、立ち聞きしてんじゃねーよ」

山之内が逆ギレする。

「あのね、私に、カツアゲする甥っ子なんていないから。気安くおばさんって呼ばないでくれる？　あなた、山之内さんっていうの？　せっかくそこそこいい出版社に就職できているのに、五百万を自分のところの作家から脅迫して巻き上げたら、会社、クビだからね？　クビどころか、警察にお縄だからね？　この後、真面目に働いていれば、会社から、何百万、何千万も入ってきて、リタイアするまで頑張ったら、億だって入ってくるかもなのに、ここで一生を棒にふるなんて、もったいないわね。そういう意味なら、五百万は安いわね。たったの五百万で、人生終わり」

楓子さんは、仁王立ちで言った。

「レイラちゃん、しっかりしなさい。こんな人の言いなりになってはだめ」

夢咲レイラは、びっくりした顔で楓子さんを見ていた。

「はあ？　脅迫ってなんのこと？　俺、脅迫なんてしてないよな、レイラ？」

レイラちゃんは、顔面蒼白だった。ぶるぶる震えている。

「本当のことをみんなに伝えたいのよね。ゴーストの絵描きと、この編集の彼にダブルで脅迫されているのよね？　レイラちゃん、勇気を出さないと、泥沼から抜け出せないわよ。今、立ち上がらないと」

「……わたし……絵本のイラスト……自分で描いてなかったんです……」

「そんなの、いいじゃない、別に。あなたの絵本の素晴らしさは、文章のみずみずしさにあるのよ。誰にもまねできないあの言葉の使い方。うらやましかったわ。絵がなくたって、あなたは絶対に売れてた」

これは、亜蘭副編集長が言っていた言葉でもある。楓子さんも同感だ。

「レイラちゃん、一緒に警察でもどこでも行くわ。訴えにいきましょう？　こんな状態を一日でも延ばしていたらだめ。あなたは今二十歳で若いけど、人生は、思ったほど長くはないの」

　楓子さんが言うと、山之内の顔が強張っていく。

「う、訴えたって、証拠がないからな。何勝手なこと言ってんだよ。恥かくだけだぞ。レイラ、お前、イメージダウンだな」

「イメージダウンなんて、一瞬のこと。一年もたてば、みんな忘れてるわ。私なんて、このところ物忘れが激しいから、三週間で忘れる自信があるわっ」

「うるせえんだよ、ババア！」

　立ち上がった男が、楓子さんの肩を小突いた。

　楓子さんは、それをチャンスとばかりに、わざと大きくひっくり返って、大げさに床に倒れた。

「あっ！　か、楓子さんっ！」

　レイラちゃんが、駆け寄ってきた。

「け……警察を呼んで……暴力で、げ、現行犯逮捕よ……それに、私、レコーダーに今までの会話をすべて録音しているから、レイラちゃん、大丈夫よ……」

そう言って、楓子さんは、ワンピースのポケットから、スティック型録音機を取り出して見せた。

「これがあれば、警察だって動いてくれるわ」

この言葉を聞いて、山之内が血相を変えた。

「え、あ、あの、ちょっと、ちょっと待って、待ってください。すみません、すみませんでした！　大丈夫ですかっ！　俺、どうかしてましたっ！」

焦った山之内が、楓子さんを起こした。

「ああ……痛い……痛いわ……背中が……腕が……痛い……折れてるかも……」

「救急車、呼びますね、楓子さん！」

レイラちゃんが言うと、楓子は、山之内にはわからないように、ダイジョウブ、と目配せをした。

「私、仕事柄、いつもスティック型の携帯レコーダーを持っているの。アイディアが浮かぶと、いつも口頭で録音しているの。あなたが、レイラちゃんに五百万を要求している話も、全部録ったわよ」

背中を押さえながら、楓子さんはよろよろと立ち上がる。そして、近くの椅子にどさっと座った。

そうして、鞄から、テーブルにレポート用紙を出して、言った。

「あなた、一筆書きなさい。二度と夢咲レイラを脅迫しないと。金輪際、夢咲レイラにかかわらないと。ああ、それから、ゴーストの絵描きも今、ここに呼びなさい。呼べないのだったら、警察に行く。二人から一筆書いてもらわないと、だめだからね。それにゴーストの絵描きには、レイラちゃんから巻き上げたお金も、返してもらわなきゃ」

いつもダラダラしている楓子さんが、めずらしくテキパキと行動していた。

すると一時間以内に、下田という絵描きも喫茶店にすっとんできた。

二人は、レイラちゃんに平謝りに謝って、金輪際、かかわらないことを約束した。

楓子さんは、山之内に近くの文具店で朱肉も買ってこさせると、誓約書にしっかり指紋押捺までさせた。

＊

すべてが終わったのは、もう午後九時を過ぎた頃だった。

楓子さんは、レイラちゃんと、シャッター通りになった本屋街を歩いていく。

「本当に……もう、なんと言っていいのか……。ありがとうございました……。今日、サイン会でお会いした時、わたし、自分が恥ずかしくて、まともに楓子さんの顔が見られなかったんです。忘れていたわけじゃありません……ごめんなさい……」

「いいのよ、覚えててもらって、嬉しいわ。私たち、同期だもの」

「翔岳館との仕事がなくなったあと、さっきの山之内が突然うちまで訪ねてきて、福益出版で描きませんかって言ってきたんです……わたしの名前は珍しいから、個人情報がもれていて……。絵を描けないわたしは、もう仕事をしてはだめだと思っていたのに、毎日毎日、つきまとわれて……」

「それでも今日、会えてよかったわ。これからは自分の思うように生きてね。それが一番、お母様が喜ぶことよ」

レイラちゃんは、楓子さんの言葉にうなずいた。

「レコーダー、ありがとうございます。本当に助かりました。あれがなかったら、わたしはきっと、まだ泥沼にはまったままです。いえ、もっと深い泥沼にはまってました」

「大丈夫よ、もうすべてかたづいたの。それに実は、泥は、簡単に水で洗い流せるのよ。泥沼なんて、思っているより、たいしたものじゃないの。こんな嫌なこと、一日も早く忘れてね。それより、笑顔は笑顔を運んでくるから、いつも笑ってて。私、レイラちゃんの笑顔好きだから」

楓子さんは、今日一番の笑顔で言った。

そして、思い出す。三年前のあの授賞式で「わたし、『ウサクマちゃん』、大好きです」と言ってくれた、あのレイラちゃんのキラキラの笑顔――。

「じゃあ、またね。私、地下鉄だから」

そう言って、楓子さんは、駅でレイラちゃんと別れた。

ホームで地下鉄を待っている間、楓子さんはベンチに座ると、ポケットに手を入れ、例のスティック型のレコーダーを取り出した。

カチッカチッ。

楓子さんは、それをオンにしたりオフにしたりして、笑う。

「ちゃんと電気がつくのね。長いこと電池替えてなかったけど、大丈夫だわ。都心に出ると、何が起こるかわからないから、ミニ懐中電灯は手放せないもの……。えー、ただ今マイクのテスト中、本日は晴天なり……本日は晴天なり……」

楓子さんは、ひっそりとした地下鉄ホームで、スティック型懐中電灯に向かって、話しかけていた。

余話　ミス・メープルの十二か月

janvier(ジャンビエ)

一年の計は元旦にあり。

夜明けとともに静謐(せいひつ)な心で、氏神様(うじがみ)にお参りをしたいのだけど、楓子(かえでこ)さんの町の人はみんな信心深くて、まだ朝日が差してもいない神社に、老いも若きも気合を入れて、がやがや集ってくる。

生まれた時から住んでいる町なので、そこには当然、顔見知りが多い。

まだ二十代だった頃の楓子さんが、初日の出とともに初詣でに行くと、どこからともなく町内会長さんが現れて、声をかけてくる。

「楓子ちゃんも、お年頃だから、そろそろだね？　今年はいい年になりそうだね」

「ありがとうございます。会長さんもどうぞ、ご健勝でありますように」

一応、そう答えておくが、楓子さんの初詣では毎年、家族が健康で過ごせることへの感謝しかなかった。母親が病気がちだったので。

その会長さんは、楓子さんが三十代に入ると、

「今年こそだよ。がんばれ！　ファイトっ！」

と気合を入れてくるので、その翌年から楓子さんは、毎年のルーティーンをやめて、二日の午後から初詣でに行くようにした。しかし会長さんは、神出鬼没だ。

「楓子ちゃん、今年こそ、開運招福間違いなし！　ネバーギブア～ップ！」

町内会のテントの下、みんなにお神酒（みき）をふるまいながらの、会長さんの強烈な横文字攻撃が、楓子さんにふりそそいだ。

特に最後のア～ップという響きが、楓子さんにはややこたえた。

その次の年、楓子さんは、七日に初詣でに行った。

松の内最終日なので、さすがに参拝客の姿は少なく、町内会のテントもふるまい酒

もなく、楓子さんは、すがすがしい気持ちで参拝を終え、社務所へ破魔矢を授かりに行った。

「明けましておめでとう、楓子ちゃん。今年は間違いなく、必ず、いい年になるからね、保証するよ」

社務所では会長さんが、ヘルプで神社グッズを売っていた。

février（フェヴリエ）

二月はヴァレンタインだ。

楓子さんは、この日は自分にチョコレートを贈るようにしている。寒い冬も元気に明るく過ごすために大奮発だ。

楓子さんのお気に入りは、ゴディバの三段重ねのチョコだ（最近はもう三段のものはなくなり、二段までのようだ）。

大箱にはえんじ色のベルベットの布が貼られ、高級感ＭＡＸだ。一生ものの箱である。食べた後は、宝物入れにできる。

上段の蓋を開けると、上質のカカオの香りが部屋中に広がる、二段目の引き出しをひくと、そこには最上段同様、ガナッシュやらムースやら、プラリネやらキャラメルやらが、甘い香りで楓子さんをノックアウトだ。

三段目は、薄い小さな板チョコがモダンな紙に包まれて、整然と並んでいる。

ヴァレンタインの頃にはもう、なかなか手に入らなくなるので、楓子さんは一月末、あるいは二月に入るとすぐ、この大箱を手に入れていた。

そして、ヴァレンタインもとうに過ぎた頃、担当の吉井(よしい)くんが、楓子さんのお屋敷にやってきた。楓子さんは、おいしい紅茶でおもてなしをする。

「わあ、これ、ゴディバの三段重ねですね。大きい〜〜！　初めて見ました！」

吉井くんは、細い体のわりに、甘いものが好きだった。

「あ、もうそれ、ほとんど食べてしまったからあまり入ってないのよ、ごめんね」

楓子さんが言う前に、吉井くんは上段の蓋を開けて、ちらりと中を覗いていた。

「いえ、ぎっしり入ってますよ。ぜんぜん、手付かずじゃないですか。ああ〜〜、いい香りがする……」

「ああ……では、あの、どうぞ、よろしかったら、召し上がって」

チョコレートに合うのは、すっきりとしたラプサン・スーチョン。中国茶みたいな紅茶を、楓子さんは淹れてきた。

「うわ、やっぱりゴディバですね！　僕、今日、ここに来てラッキーだったな」

吉井くんは、ナッツがごろごろ入ったチョコをほおばっている。

「こっちのって、なんだろう、あのー、これも頂いていいですか？」

「うん、どんどん食べて」

吉井くんは、俵形をしたやや大きめのチョコを口に入れて、大満足だ。

楓子さんは、食べっぷりのいい若い人を見るのが嬉しい。

「ああ、でもゴディバのチョコって、一個で三百円くらいするんですよね。だって、六個入りが二千円くらいしてましたから。僕、もう六百円も食べちゃってるんだ！　うわ、贅沢～～！」

心から感動している吉井くんに、楓子さんはもうどう切り出していいのか、わからなくなっている。実は本物のゴディバはほとんど食べつくしていて、今、三段重ねの箱に入っているのは、別会社のチョコだ。吉井くんが最初に食べたのは、でん六のピーチョコ。二個目に食べたのは、ブラックサンダーミニバー。

最下段には、ブルボンのミニビットアソート五種類が詰まっている。

「そうだわ、吉井くん、飲みましょう。今日はおいしいヒレカツを揚げるわ。甘いものはこれでやめときましょう」

楓子さんは早々にアフタヌーン・ティーを終了させた。

mars（マルス）

三月はやはり桃の節句だ。

楓子さん宅には、楓子さんのお母様がお嫁入りの時に持ってきた、十二段飾りの雛人形がある。骨董品としての価値も高く、毎年玄関にお飾りするのが恒例だったが、猫のシンプキンがきてから、お披露目はなくなった。

詳しい説明はいらないと思う。

avril（アヴリル）

　四月は春まっさかり。

　楓子さんの家の庭には、美しい桜の木が何本もある。その木の下でお花見をするのが、毎年恒例の行事だ。……と言っても、もうご両親は他界しているので、この頃はたいがい一人でお花見をするのだが、そんな時も、楓子さんは決して手を抜かない。

　三段のお重には、まずお赤飯のおむすびと豆ごはんのおむすびが、紅白に並ぶ。二段目には、だし巻き卵、インゲンのベーコン巻き、レンコンのきんぴら、ふきのとう。三段目には、黒毛和牛のローストビーフ、塩麹（しおこうじ）につけた鶏手羽元のチューリップから揚げ、ウサギ形ウインナーと、全力投球の楓子さんだ。デザートだって、忘れない。桜の葉を使った道明寺、イチゴクリームをはさんだマカロンも手作りだ。

　カセットデッキからは、聖子ちゃんの『チェリーブラッサム』がエンドレスで流れている。かなりの音量で流しても、ご近所からクレームがきたことはない。

「あ〜〜、やっぱり。楓子さん、お花見ですか〜〜」

桜舞い踊る中、タイミングよく現れたのが、吉井くんだった。

「聖子ちゃんが聞こえたから、きっとお庭にいらっしゃると思って」

吉井くんは、屋敷に入るとすぐ、カセットデッキの鳴る方へ、引き寄せられていた。

「グッドタイミングね。ランチまだだったら、ご一緒にいかが？」

お庭にはちゃんと、立派な鋳物でできた四人掛けのピクニック・テーブルがある。

ここで楓子さん一家は、変わりゆく季節の中での会食を楽しんできたのだろう。

「僕、お昼まだなんです。というか、きっと楓子さんちで何か頂けると思って、すきっ腹で来ちゃいました。ずうずうしくて、ごめんなさい」

「いいのよ、何でも好きなものを食べて。お花見は、人数が多いほどいいわ」

楓子さんは三段のお重を開いて並べた。道明寺もイチゴクリーム・マカロンもすぐに手に届く場所にお洒落に配置する。

「あれ、それ、またゴディバですか？」

吉井くんは、三段重ねの大箱に目がいく。そして、上段の蓋をチラッと開くと、

「へえ、ゴディバって、クッキーもあるんですね！」

そこには、楓子さんお手製の桜の花の塩漬けをトップに飾った、焼きたてクッキー

が並んでいた。

「お花見のご馳走を頂いたら、僕、後でデザートにゴディバのクッキー食べてみよう。桜の花の塩漬けなんて、きっと日本限定商品ですよね！」

吉井くんは、ベルベットの布に包まれたゴディバの箱に、熱い視線を送っていた。

いいかげん、気づけ、吉井くん。

mai（メ）

五月の楓子さんは、忙しい。

庭に種まきをし、花を育てる。肥料もたっぷりあげる。同時に、夏野菜も育てる。キュウリ、トマト、プチトマト、ナス、トウモロコシ、オクラ、ズッキーニ、ピーマン……などなど。それが夏になって、大豊作で食べきれない時は、家の門の前に折り畳みテーブルを出して、野菜をビニールの小袋に詰めて、並べておく。

お好きな方、どうぞご自由にお持ち帰りください。
とれたて、新鮮です!!

と書いておくと、たいがい二、三時間でなくなっている。
ある日の夕方、テーブルをかたづけに行くと、小学生のノートらしき切れ端に、

これらの野菜には、魔女ののろいがかかっています。

と書かれ、飛ばされないように、ご丁寧に重しの石までのっけられていた。
今でも楓子さんは、その切れ端のメッセージを大切にとっている。

juin（ジュアン）

楓子さんは、固定資産税の次に湿気に弱い。

ゆえに、六月は完全にダウンだ。
梅雨時のあのジメジメ感に堪えられず、外出も控え、家に閉じこもる日々が続く。

Juillet（ジュイエ）

楓子さんは、梅雨明け後の暑さが苦手だ。固定資産税と湿気の次に暑さがだめだ。
ゆえに、七月も引き続き、外出を控え、家に閉じこもる日が続く。

août（ウートウ）

楓子さんにとって、八月は敵だ。
日本の湿気にまみれたあの暑さは殺人的だと毎年思っている。
ゆえに、外出を控えて、家に閉じこもっていても、暑さからはのがれられない。

しようがないから、毎朝起きる時、声に出して、

「ここはロンドンよ。日本の樺太とほぼ緯度が同じロンドンなの。だから私は、暑さ知らずね」

これを三回唱えて、自分を洗脳しようとするが、その洗脳はたいがい三分で解ける。

そして毎日、九月が来ることをひたすら夢見ている。

septembre（セプターンブル）

九月一日（いっぴ）。

その日が記録的な残暑で、日本中の人が全員へばっていても、楓子さんは生まれ変わったように、元気をとりもどす。

朝一番にかける曲は、竹内まりやの『セプテンバー』。これをエンドレスで聞きながら、楓子さんは待ってましたと、辛子色のワンピースに袖を通す。

『セプテンバー』は夏の恋が終わった失恋の曲だが、楓子さんにとっては、色恋は

まったく関係なく、ただただ九月という言葉を聞くだけでハイテンションにしてくれる、聖子ちゃんの『チェリーブラッサム』と同様に大切な曲だ。

そして六月から八月までの、あの辛く蒸し暑い日々から解放された記念日が、毎年九月一日となる。

octobre（オクトーブル）

秋は収穫の季節だ。

十月、楓子さんの庭では、カボチャ、サツマイモ、ジャガイモがたくさんとれる。

あまりに豊作の時は、やはり玄関門扉前に折り畳みテーブルを出して、野菜を置いておくと、あっという間に、持っていってもらえる。

翌日、あるいは数日して、家のポストに、

「カボチャ、おいしかったです、毎年ごちそうさま」とか、

「サツマイモで芋羊羹をつくりました、ありがとうございます！」など、差出人の名

前ありのカードが入っていたりすると、楓子さんは、本当に嬉しくなってしまう。

そして十月も終わる頃、楓子さんが近所のスーパーに行き、二十分ほど買い物をして駐輪場に戻ると、停めていた電動アシスト自転車の前カゴに、

なぜホウキで来ないｗｗｗ

と書かれた、小学生のノートの切れ端をまたまた見つける。
楓子さんは、ｗｗｗの意味が今でもわからない。
なにかの暗号かと、戦々恐々としている。小学生め。

novembre（ノヴァーンブル）

十一月は、楓子さんの誕生月だ。
庭の楓が真っ赤に染まった頃、生まれたという。

誕生月は、やはり一年で一番、うきうきする時だ。十一月の第三木曜日は、ヴォジョレー・ヌーボーの解禁日だし、第四木曜日は、アメリカの感謝祭だ。

これらのお祝いを終えて、楓子さんはクリスマスの準備に入る。

以前、お屋敷の玄関門扉前を盛大にイルミネーションで飾ったら、翌月の電気代が五倍以上に膨れ上がってしまった。

ゆえに、それはその年一回こっきりの幻のイルミネーションとなり、それを見たカップルは、永遠の愛を誓いあったとか、両想いになったとか、ゴールインしたとかの都市伝説が生まれ、しばし若者の心をざわつかせていた。

décembre（デサーンブル）

楓子さんはクリスマスが大好きだ。

屋敷のいたるところに、クリスマスの飾り付けをする。

サンタの人形を暖炉の上に座らせたり、赤い実がたわわになった柊の枝ともみの木の葉を合わせてリースにして、玄関前の扉に飾ったり、ソファのクッションやテーブル・クロスはすべて赤と緑が基調のクリスマス仕様だ。

この期間はなるべく電灯ではなくキャンドル・ライトで、部屋のあちこちを照らし、雰囲気を盛り上げていたが、シンプキンが来てから、それはやめた。

また、毎年、クリスマス・イブには、暖炉の上のマントルピースに、サンタさんへのお礼として、ホットミルクとクッキーを置いていたが、それもシンプキンが来てからやめた。


このように楓子さんの一年は、いつも優しく、穏やかに過ぎていきます。

シンプキンと仲間たち

クリスマスの前日、とても寒い日だった。夕方から雪が降るとテレビで聞いて、その前に買い出しに行こうと楓子さんが門を出たら、森野家の車専用門の前にクロネコヤマトの宅急便用の段ボール箱が置かれていた。

本物のヤマトさんのと同じトラックの絵が描かれている、かわいい人気の箱だ。置き配か？　と楓子さんは思ったが、箱には伝票も何も貼ってない。

これは怪しすぎる。もしかして爆弾かもしれない。容易に開けてはならない、と楓子さんは一瞬で臨戦態勢に入った。その時、「開けてにゃー」と中から声がする。

カリカリカリ、と、段ボールを削る音も聞こえてきた。

「にゃっにゃっにゃっ」と、えらい楽しそうな笑い声——。

楓子さんは、頭を抱えてしまった。

お出かけは中止。しかたなくトラック型段ボールを恐る恐る開けてみると、

「どうもですにゃー。ジブン、シンプキンです。ナイストゥミーチュー」

猫は、英語で挨拶してきた。

「ナイストゥミーチュー、トゥー、シンプキン」しかたなく楓子さんも挨拶を返す。

「お嬢さん、今日からよろしくお願いしますにゃ」

出会ったこの時のシンプキンはガリガリに痩せ、毛艶も悪かった。アメショー柄をしているが、たぶん野良だ。

「あの……うちでよかったら、どうぞ」

楓子さんが、箱に入ったままのシンプキンを抱えて屋敷に戻ろうと門をくぐると、遠くから、灰色に汚れた小さな猫とトラ猫が、猛ダッシュで追ってきた。

「にーちゃん、アタシも行く――っ」

門を閉める寸前に入ってきたのは、のちに洗って真っ白になったルルちゃん。

「アニキ――、オレを置いていかないでくれ――」とガン泣きで、やはり森野家に飛び込んできたのは、松田さんの家で飼われているはずの松田さん。

ヨーロッパのあちこちで、クリスマス・イヴには、動物の話す声が人にもわかる時間帯があるとの言い伝えがある。

―――本書のプロフィール―――

本書は書き下ろしです。

小学館文庫

おばさん探偵 ミス・メープル

著者　柊坂明日子

二〇二一年三月十日　初版第一刷発行

発行人　飯田昌宏
発行所　株式会社 小学館
〒一〇一-八〇〇一
東京都千代田区一ツ橋二-三-一
電話　編集〇三-三二三〇-五六一六
販売〇三-五二八一-三五五五
印刷所――――図書印刷株式会社

ISBN978-4-09-406889-4